JN127744

僕のユートピア
My Utopia

見果てぬ夢
The Impossible Dream

葉山祥鼎
Shotei Hayama

リーブル出版

僕のユートピア　見果てぬ夢／目次

黎明期

幼い時からユートピアを求めて生き続けてきた。中学生になっても周りの人と上手くいかず、友達になりたい人にも合わせられず、常に一人で遊ぶしかなかった。グループでやるスポーツは協調性が足りず、決められた練習が嫌で勝手に出欠を繰り返した。当然レギュラーになることはあり得なかった。試合に出なければ面白いはずがない。ベンチで声をあげ応援するだけなんて、自分の存在はないに等しい。

そういう日々の中で、一人だけ友といえる者ができた。上野君だ。同じ年なのに大人びて見えたのだ。

それは十四歳の時であった。

学校の帰り道、「松本くーん」と自転車の上から声がかかった。

「上野君か。どうしたの?」

上野君はいつも成績がいい。決してガリ勉タイプじゃない。誰からも一目置かれていた。

そんな彼が声をかけてきたのだ。

「よかったら今から僕の家に来ない?」と友達から家に誘われるのは初めてであった。

上野君は越境入学してきたので自転車通学だった。

「上野君。家はどこなの？」

「駅の近くだよ」

そんな遠い所から来ているとは夢にも思わなかった。

「ふーん。それじゃ僕の家に寄って自転車で一緒に行くよ！」

僕は彼と競争して走り出した。

昭和三十年代の田舎の町に自動車は少なく、ほとんどの人が自転車の時代であった。

上野君の家は何と駅前の大きな旅館であった。

玄関からではなく、裏口から庭に入って行った。そこには鉄柵でできた犬小屋があって、シェパードとコリーがいた。この犬の吠える声に僕は怖くなって、逃げ出したくなった。いくら檻の中にいるといっても、大きな犬が二匹もいるのだ。上野君は何事もないように部屋の中にさっさと入って行った。

「松本君、早く来いよ」

僕は冷や汗をかきながら一緒についていった。

迷路のように広い。地階に行き、部屋に入ると暗室があった。上野君は自分で写真を撮って暗室で現像していたのだ。中学二年生の少年がもうこんなことをやっているのかと思うとびっくりしてしまった。

「ねえ、松本君。登校中の女の子の写真を撮ろうよ」

「それで、それをどうするの？」

「それは次に教えてあげる」

「いつ撮るの？」

「明日の朝だよ」

「分かった。明日だね。どこで待ち合わせするの？」

「図書館の前かな。あそこはお城の壁があるから隠れて撮りやすいんだよ」

上野君は丁寧に写真の撮り方を教えてくれた。そして、暗室で数枚の写真を現像して見せてくれた。僕の知らない大人になったような未知の世界であった。独特の匂いが鼻をつく。こんな薬を一人で操っている上野君が学校で見るときと別人に見えてきた。旅館で育っているとたくさんの大人に囲まれている。だから、幼い時から大人じみた生活になっていったのだ。

暗室から出ると上野君のお父さんとばったり会った。着物を着た優しそうな人であった。しかし、それ以来二度と会うことはなかった。

お母さんは女将らしく、着物姿がとても美しく、笑顔の絶えない人であった。

両親は上野君を完全に大人として扱っていた。

だからこそ彼にはすでに自立の精神が培われていたのだ。

新しい息吹

翌朝、約束通り図書館に行った。通学時間には早過ぎるので、どこから隠し撮りするか場所を探した。本当は真正面から撮りたいが、それではすぐにバレてしまうので、曲がり角の塀の穴から覗き込んで撮ることにした。

「上野君！　誰を撮るの？」

「吉田さんだよ」

「え！　あのきれいな子？」

「そうだよ。だって、撮らせてくれなんていえないだろう」

「吉田さん撮ってどうするの？」

「それはもう決めている」

僕は上野君の言う意味が分からず、言われるがままであった。そして、そのうちに登校してくる生徒が続々現れた。

上野君は急に困った顔をした。

「どうしたの？」

「一人で歩いて来てくれないかな……友達と一緒に歩いてきたらいい写真が撮れないよ」

戦後に生まれた子供は多く、一学年七百人以上いる。三学年で二千人の子供がいるのだ。その数が短時間の間に登校してくる。吉田さんを見つけるだけでも大変なことである。そのとき、初めて自分の役割が分かったのだ。

上野君は写真機を構える。僕はいち早く吉田さんを見つけて合図する。一人で見つけて写真を撮ることの難しさを上野君は知っていたのだ。でも、そのことに関してちっとも嫌な気持ちにはならなかった。なぜなら吉田さんは皆のあこがれるマドンナなのだ。僕も一枚彼女の写真を持っていたいくらいだ。

ぞろぞろと絶え間なく生徒たちが賑やかに歩いてくる。目を凝らし続けていると一人で髪を後ろに束ねた女の子がやって来た。ポニーテールの似合う子だからすぐに分かった。幸いにも一人だ。

「上野君来たよ！　吉田さんが来たよ」と僕は興奮して言った。

「よし、今がシャッターチャンスだ！」

「カシャーン」とシャッターの乾いた音が響いた。

「上野君、上手く撮れた？」

「うん、撮れたと思う。今日帰りに来るかい？」

「もちろんだよ。絶対行くよ」

授業が終わるとすぐ二人は自転車に飛び乗って一目散に駅まで走った。そして、二人して暗室に入り現像し始めたのだ。

「オー。よく撮れているぞ！」

液の中から少しずつ姿が見えてきた。さらにハートの形に彼女の写真を入れ込んだ。もう一枚は上野君と吉田さんが一緒に写っているようにプリントしたのだ。僕は上野君が写真を撮るだけでなく、こんな手の込んだ現像の仕方もできるのかと驚くばかりであった。そして、この二枚の写真は二人の秘密になったのだ。

それ以来、僕と上野君はお互いの家に行ったり来たりするのが当たり前になった。

JAZZ

僕の家は洋食レストランであった。アメリカの兵隊がいつも出たり入ったりしていた。まだ当時は、チョコレートは珍しいお菓子で、幼い僕は、チョコレートをもらうのが楽しみであった。時にはMPという白いヘルメットをかぶった兵隊さんがやって来ては父と母は僕の知らない言葉でアメリカ人と話していた。今思えば単純な単語だけの英語だったに違いない。

上野君が僕の家に来ることを楽しみにしていたのは洋楽のレコードがいっぱいあったからだ。

家の中というより、お店の中で洋楽のレコードがいつも流れていた。僕はそれがあまりにも当たり前なので、曲名とか誰が歌っているとか、楽団の名前などほとんど興味がなかった。それに火を点けたのが上野君だった。レコード一枚一枚手に取って解説してくれるし、ほとんど英語版なのに読めるだけでなく、曲名も諳んじていた。

ある日、上野君は珍しく学校を休んだ。そして、翌日何事もなかったように登校してきたが、二人きりになったとき、興奮して話しかけてきた。

「昨日何で学校休んだの？」

「休まずにはいられなかったよ！　すごい人が旅館に泊まりに来たんだよ」

「誰なの？」

「アート・ブレーキーだよ」

「どんな人？」

「ＪＡＺＺの王様でドラマーだよ」

「ふーん。すごいんだね」

上野君は一部始終聞かせてくれた。でも、僕には理解を超えたものだった。学校を休んででも一緒にいたかった人なのだ。そして、その帰りに上野君の家に行くとアート・ブレーキーとジャズメッセンジャーズのジャケットが机の上に立てかけてあった。よく見るとそのジャケットにアート・ブレーキーのサインがなされていた。それは上野君にとって大変貴重な宝物になっていた。黒人の偉大なドラマーだったのだ。ＪＡＺＺという音楽がこの世にあるということを教えてくれた。どこまでも手の届かない男だと痛感させられるばかりであった。

そういう日々の中で高校受験というのが待ち受けていた。上野君は常にトップの成績だったので県立の有名校を受けることになった。僕はミッションスクールの高校に決めていた。二人とも無事合格すると、お互いに別の道を歩み始めたのだ。

目覚め

僕の家の近くには映画館が三軒あった。二軒は洋画、一軒は邦画を上映していた。毎週土曜日には必ずどこかに見に行っていた。

ある日『愛情物語』というピアニストの映画を見た。ショパンの曲をモダンな、しかも、華麗な曲に仕上げた音楽だった。これに感動した僕は早速レコードを買い、物まねのピアニストになった。そして、珍しく母にねだったのだ。

「お母さん、僕ピアノ習いたい」

「あら、いいわね。誰も弾かないピアノが倉庫にあるしちょうど良かったわ。邪魔で誰かにあげようと思ってたのよ」

このピアノは戦前祖母が弾いていたらしいが、母は全然興味なく倉庫に置かれたままになっていた。

僕は心に決めたのだ。ショパンのノクターンを弾けるようになったら習うのはやめると。しかし、ピアノの先生にはそのことは言わなかった。初歩的な練習曲から始まり、一年もしないうちに先生から言われた。

「松本君、弾きたい曲があるでしょう。それを始めましょうか」

僕はすぐさまに答えた。

「ショパンのノクターンが弾きたいです！」


普段、クラシックを練習しながら、楽器屋さんに行ってはポピュラーな曲の楽譜を買い集め、勝手に弾いていた。そのときに、コードというものがあって自由に左手で伴奏できることを知った。自己流で弾くピアノの方が断然面白くなってきた。

高二の終わりに先生からどこの音楽学校に行きたいのか問われた。

「先生、僕、音楽学校に行く気はありません」

「あらそう、なぜピアノ習ったの？」

先生は不思議そうにじっと僕の目を見つめた。僕は目をそらして正直に答えた。

「実は、ショパンのノクターンを弾けるようになったらピアノを習うのはやめると決めていたのです」

「あっ、そう。なぜショパンのノクターンなの？」

僕は得意気に映画の話を細かく説明した。

「あなたって、えらくロマンティストなのね。私その映画観てないから観たくなったわ。ねえ、ひょっとしてポピュラーな音楽弾けるんじゃないの？」

「ええ、ちょっとだけですけど……」

「私ね、クラッシックだけで他の曲は全然弾けないのよ。よかったら何か弾いてみせて」

僕は嬉しくなってカバンに入れていた楽譜を取り出し『めぐり逢い』という映画のタイトルの曲を弾いたのだ。『An After To Remember』というきれいな曲である。映画の中で八十幾つかのおばあちゃんが若いカップルのために弾いてあげたのだった。先生は目を閉じてしっかり聴いてくれた。その日を境にショパンのノクターンに熱が入り、しっかり教えてくれるようになった。

そして、帰り際必ずポピュラーを弾いて帰るのが決まりになってしまった。

先生の名前は武田美和子。国立音楽の声楽家を出て数年しかたっていなかった。大人の女性としてあこがれてもいた。後で聞いたら自分はあまりピアノは得意でなかったから、僕くらいの力量がちょうど良かったのだ。一音でも外して間違って弾くのを叱られていたら、きっと一日でピアノは止めていたと思う。どこでどんな先生に出会うかでその先が決まってくる。一応ノクターンが弾けるようになったので、約束通り止めてしまった。本当は先生には卒業するまで習いたかったのだが、他にやりたいことが出てきたのだ。

思春期

若いとき、つまり学校に行っているときはクラスメートとか同級生などたくさんの知り合いができる。その中で親友といえる友ができるのはそう簡単ではない。同じクラスにいたときだけは特別に仲が良かったのに、いったん離れると二度と付き合いがなかったりする。だから、学生時代は人と人との交流の仕方を覚える場として考えたほうがいい。無理やり友達を必要とするように親は仕向けないほうがいいのだ。親が考えるような理想的な友達は少ない。

僕の両親は何でも自由にさせてくれた。それに責任も持たせてくれていたような気がする。レストランで手伝ったりすると必ずそれに見合うだけのお金をくれた。きちんと働いたことに対する代償を身に付けさせるための教育のようだった。だから、別に小遣いをもらう必要がなかった。

時々、受験勉強といいながら上野君の家に泊りがけで行った。上野君は自分の部屋を持ってなくて、空いている部屋を見つけてはそこを勉強部屋にしていたのだ。満室になると当然勉強する場所がない。そのときは誰も来ない廊下の隅っこに小さな机を持って行って、こっそり勉強していたと言う。

上野君も僕と同じように親から何の強制もされることなく育ってきた。幼い時から自主的に判断をせざるを得ない環境にあったのだ。なぜなら、お互いの両親は一日中働くことで精いっぱいだった。さらに、従業員をたくさん抱えているから、子供の面倒を見る暇はない。上野君の旅館の番頭さんはいつも旗を持って、汽車が駅に着く前に行ってお客さんを集めて帰ってきていた。それを皆で出迎え、さらに送り出す。朝晩の食事時はてんてこ舞いしていた。その合い間に上野君は食事をするのだ。僕もレストランの息子に生まれていながら店の料理を食べたことはなかった。賄(まかな)いさんが作る料理が食事だったのだ。友達からいつもこう言われていた。

「お前の家はレストランだから毎日いい物食ってるんだろう！」

「そんなことないよ！　いい物食べてないよ！」と言い返すのが精いっぱいだった。

子供というのは大人たちから聞いた話を鵜呑みにして痛烈な言葉で話しかけてくる。無邪気というものからはほど遠い残酷な言葉もある。それを聞いて、聞き流すか対抗するかで人間関係が変わってくるのだ。人の噂ばかりして友達に取り入ってもらう人もいる。そういう点で僕と上野君はサービス業の世界にいたから、かなり上手に接していたと思う。なぜなら、客の中でも一番最低な、暴れ回る酔っ払いの客を知っていたからだ。

自立

自我が確立してきた高校時代は終わった。

上野君と僕は私立の大学にそれぞれ通い始めた。学校は別でも一緒のアパートに住むことになった。別棟であったが四畳半の狭い部屋だ。

一九六〇年代後半は激動の時代でもあった。学生運動はいっそう激しさを増しエスカレートしていった。学生のほとんどがギターを片手にプロテストソングを歌っていた。僕と上野君はそういうものに興味は持たず、相変わらずＪＡＺＺレコードを買い求めていた。

就職の時期になっても、お互いマイペースの生活だった。学生運動に熱心だった人も就職試験の時は見違えるように長髪を切り、好青年に変身していたのだ。その変わり身の早さに驚くばかりであった。

その頃、サービス業というジャンルで学問をするというのは考えられない時代であった。ところがホテル観光学科という学部が有名な大学にできたのだ。僕と上野君は聴講生として申し込み、二年間通った。リゾートという言葉や地中海クラブとか耳慣れない、その頃の生活とかけ離れた夢のような世界の話ばかりであった。こういう楽しいものを学問でやるとは思いもつかなかった。アメリカのコーネル大学というのがその道で最先端の学校で、そこの観光学部を卒業すれば、世界の名だたる有名ホテルの副支配人として仕事ができるとまで言われた。僕たちは将来の夢を語り合った。ユートピア構想だ。大自然の中にホテルがあって、図書館があって自由に散策と食事ができる理想郷である。そんな大きな夢を語り合っていたときに大変なことが起こった。

僕がアルバイトから帰ってくると上野君が部屋に駆け込んできた。

「松本君！　オヤジが……」

「うん、お父さんがどうしたの？」

「急死したよ……オレ、今から汽車で帰る」

僕は上野君がバッグ一つ持って帰る姿を見送るだけで、何の言葉もかけられなかった。

僕と上野君は卒業後アメリカに行ってまた一緒に勉強するつもりでいた。

しかし、この計画はお父さんの死でいきなり旅館の跡継ぎになって頓挫してしまった。あの大きな旅館の門前の小僧とはいえ、若くして引き継ぐとは大変なことである。

上野君と僕の学生時代の最後の言葉はお互いの自立であった。

「松本君。僕は外国に行きたかった。もっと勉強したかった。まさか、このまま田舎に帰って旅館のオヤジになるとは思ってもいなかったな……」

「まあ、それも運命と思わないとしようがないな……。さて、お互い気持ちを切り変えて前に進もう。ユートピアの夢だけは忘れないように頑張ろう！」

旅立

僕は大学を卒業するとすぐにニューヨークに行くことにした。目的はあるようで、なかった。自分探しだったのかもしれない。旅費はホテルで働いたバイト代と父からの援助であった。片道切符で出発した。

憧れのニューヨーク。空港からマンハッタンに入ったとき、桁外れのビルの乱立と大きさ、そして高さに驚愕するばかりであった。

友人の紹介でバワリーのロフトに住むことになった。当時のバワリーは物騒で治安のいい所ではなかった。空きビルも多く安い家賃のために多くのアーティスト達が住んでいた。

そこはワンフロアーの広い空間をいくつかの壁で仕切り、貸し部屋を作っていた。寝るだけのスペースしかない。皆が集まる広いテーブルだけが食事の場であった。しかも、ビルの五階なのにエレベーターもなく上ったり下りたりするのが大変であった。生活に慣れてきたら近くのチャイナタウンにリュックサックを背負って食事の買い出しに皆で行った。

部屋を取り仕切る長野さんはアーティスト。しかも、前衛アーティストであった。

僕は親しくなったときに失礼と思いながらも質問をした。

「長野さんはどんな絵を描いているのですか？」

「絵なんて描いてないよ。キャンバスに女の子を転がしているんだよ」

「え！　転がすってどういうことですか？」

長野さんは僕の芸術に対する知識のなさに笑い転げた。

「松本君、芸術は筆で描くだけではないんだよ。いろんな方法があるんだ」

僕は女の子をキャンバスに転がすなんて日本にいたときは考えたことも思い付きもしなかった。長野さんは面白がって話し始めた。

「いいかい。女の子を素っ裸にして、体中に絵具を塗るんだよ。そして、乾かないうちに大きなキャンバスに転がってもらうんだ。そうすると体中のデコボコがキャンバスに命を吹き込む。そして、それが絵画になる。その偶然性がアートなのだ」

「それは単なる型の付いた点にしかならないんでしょう?」

「そうそう。それが思いもかけない、想像のつかない、芸術に生まれ変わるんだ!」

僕は長野さんの説明がとてもいい加減に思えた。自分で描かずに、人を転がすなんて誰がそれを見て分かるのか不思議でならなかった。しかし、そのうちにたくさんのアーティストと知り合いになっていくうちに、発想の自由さというのを理解し始めたつもりだった。

ところが、あるギャラリーに行くと大空間の中に木造りの椅子が一脚だけ天井からぶら下げてあった。

「ふーん。これもアートか……」

頭の中は日本にいたときの常識からかけ離れ過ぎていて理解するのがいっそう難しくなった。

前衛アートは僕の心を混乱させるばかりで掴み所のない世界にもなってしまった。

葛藤

一九七〇年代初頭のニューヨークはベトナム戦争で疲弊し切っていた。学生、若者は皆ロングヘアーで怪しげな世界であった。

僕は日本の大学でほとんど勉強ができなかった。

なぜなら学校そのものが学生によって封鎖され、授業どころではなかったのだ。だから別の学校に行き、聴講生になっていた。

そして、可能であるならば観光やホテルやサービス業の分野での学問をしたくてニューヨークまでやって来た。ところがアメリカでもまた期待通りにいかなくなった。

滞在費が減っていく中で長野さんはアルバイトを紹介してくれた。ペンキ塗りである。天井や壁をローリングして塗っていく。一日中シンナーの匂いで頭がクラクラしてきた。だから、このアルバイトは長続きしなかった。

ある日、長野さんに「すごいものを見てきたから君も見に行きなさい」と言われた。ウォール街の近くだと言う。さっそく、歩いて見にいった。

それは、とんでもなく大きくて背の高いビルの建設であった。この高さでもまだ完成されていないのだ。しかも、二棟同ときに作っている。〝TWIN TOWER〟と呼ばれていることを後で知った。

この巨大ビルが後年壊れてしまうとは、誰が予想できただろうか……。

アメリカはあれだけの戦争をしながら、大都会ではビッグプロジェクトの建設ラッシュでもあった。このエネルギーはいったいどこから湧き上がるのだろうか？ 想像もつかない国であった。

日々、マンハッタンをくまなく歩き続けて混沌とし始めた。ニューヨークにさえ来ればきっと何かが見つかるとあまりにも楽観し過ぎていた。目標と目的がない漂流者になってしまった。五番街でさえホームレスの人たちがたくさんいて、寒い日は地下鉄の暖房が抜け出る金網の上に寝ていた。アメリカは豊かなのに、なぜこんなにもホームレスの人たちがたくさんいるのか分からなかった。

そこで、四階に住むアーティストのジョンに質問したのだ。

「五番街でホームレスの人をたくさん見かけたけど、どうして働かないのですか？　それに皆、若いようですけど……」

「それはね、いろいろ理由があるけど、一番は今のこの社会に合わないから。自分で梯子を下ろしてドロップアウトしたんだね」

「この社会に合わない？」

「そう。自分の居場所がないんだよ」

「でも、彼らには両親も家族もいるんでしょうに……」

「アメリカは一度家から出たら自立したことになって、クリスマスのときしか帰らないいんだよ」

「それじゃホームレスの人はどうやって生きているんですか？」

「ボランティアでお世話している人たちがいるのさ。教会とか慈善団体とかね」

「なるほど。そういうシステムがあるんですね」

「でも、そればっかりではないよ」

ジョンは急に語気を荒げて早口にしゃべり始めた。

「ベトナム帰りの連中は最初英雄だったけど、戦争が泥沼化し反戦が起こってからというもの、帰国したら邪魔者扱いになった。だから故郷にいてもいたたまらなくなってニューヨークにやってくるのさ。アイツらにできる仕事は何もない。だから人目を避けてあの通りさ……」

ジョンは一気に捲くし立てた。そして、冷静になり笑顔を取り戻し、

「オレは幸いにもアートという世界、創造する夢を持っていたから復帰できたんだ。戦争でどれだけ苦しんでも頑張れたんだ。ベトナムから帰ってこれたのは幸運としかいいようがないよ。それがない連中はただ生きているだけだ。犬より始末が悪いよ」

僕はもう別の質問をする気も失った。まるで今の自分のことを言われているようだった。仕事もなく、することもなく、夢も希望も勝手な悪夢になっていることを知らされた。ニューヨークに来れば絶対何か思い通りのものが見つかると軽く考えていた。ところが若い人達のホームレスの姿はいつか自分がそうなってもおかしくないくらいの衝撃だったのだ。

ジョンには「質問に答えてくれてありがとう」と言って五階に足取り重く上がって行った。

このロフトの中には何人のアーティストが住んでいるのか分からない。ジョンとはなぜかすれちがうことが多くなり、お互いに話しかけるようになったのだ。ジョンはいつも大きなシェパード犬をボディーガードのように連れ回っていた。僕にとって、そのシェパードは上野君の犬のようにいつも思えていたのだ。

そして、ジョンがどれほどの苦労をしてきたか初めて知ったのだ。戦争というのは悲劇しか生まない。アメリカ人もベトナム人も皆戦争を欲していたわけではないのに、若者達は将来の展望もなく生きている。僕は考えれば考えるほどジレンマに陥ってしまった。

僕が日々悶々としているとき、それを感づいたのか、長野さんから誘いがあった。

「今度の日曜、若手作家の展覧会があるんだよ。僕も出品しているから見にくるかい?」

「もちろん、行きますよ!」

僕はすかさず返事をした。

「今度のは賞金がすごいんだよ。RED FLOWERというレストランがスポンサーになっているんだ」

「レストランが何でスポンサーになっているんですか?」

自分の家もレストランだが、こんな芸術のスポンサーになるなんてとても考えられない。

その意味を知りたくなった。

上野さんは僕の顔をじっと見て真剣に答えてくれた。

「それはね、RED FLOWERの丸田さんは若い頃一人でニューヨークに来て、道端でホットドッグを売って成功したんだ」

「へえー。それ聞いただけですごいですね」

「自分が成功したのを自慢せずに、若い人にもチャンスをあげたいと思って応援してくれているんだ。まさに彼はアメリカン・ドリームを成し遂げた人だよ」

僕はその日から丸田さんがどんな人か早く会いたくなった。

日曜日の当日、僕はギャラリーの前の玄関で友人と話しながら待っていた。

突然、大きな車が横付けしてきた。ロールスロイスかキャディラックかよく分からないくらいの大きな素晴らしい車だった。そして、二メートル近くの大きな黒人がフロントドアから出てきて、後部のドアを開けた。そこから出てきたのは小柄だが堂々とした口髭を生やし、髪の毛をモジャモジャにした人なつっこいおじさんだった。僕は知らなかったが、当時からすでに有名人で、いつも大きな人をボディーガードにつけていたのだ。話題に事欠かないエピソードをたくさんメディアに提供していた。それがRED FLOWERの宣伝になっていたのだ。だから、ニューヨークでも一番知られたレストランでもあったのだ。

そのときは見かけただけで、話などできるはずもない。彼はスーパースターでたくさんの人から取り囲まれていた。たった一人でここまで成功するなんてとんでもない人を見てしまった。それから二十年後に、丸田さんと一対一で会って話すことになったが、それをそのとき知る由もない。

アメリカン・ドリーム。それがこのニューヨークにあることを教えてくれた一日でもあった。ここ数日、打ちひしがれていたが、やっと見えない光を感じることができた。自分でチャンスを切り開くのがアメリカ流なのだ。

しかし、本当の人生の成功とは何かを知るにはあまりにもまだ若過ぎていた。

英国への旅立ち

僕は決意した。もはや、ニューヨークにいても達成感を何も感じられなくなっていた。

そして、長野さんにこのロフトを出て、英国に行くことを話した。彼はこの話を聞くと機嫌が悪くなり、僕がいなくなるのは困ると急にしょげ返った。彼にとって都合のいいアシスタントになっていたのだ。階下のジョンもしきりに寂しいと言い出す始末だ。

しかし、僕はありがたくもそういう気持ちを振り切ってロフトから去って行った。後日談によると、長野さんは僕の部屋にあった椅子、テーブルを腹いせに壊したらしい。彼は一見大人しく、優しく、寂しがり屋だったが、酔っぱらって一回火が点いたら手に負えなくなる性格だったのだ。だからこそ、人の思いもよらぬ奇抜な発想で次から次に作品を作っていたのだ。

長野さんと出会っていなかったら、アートに対する知識は生まれなかった。まだ見ぬ世界を見せてくれた人でもあった。

僕は一気にニューヨークからロンドンに移り住んだ。ロンドンは昔の世界そのままの大英帝国のように思えた。時計が止まったようだ。昔からのしきたり、伝統、歴史から成り立っている。アメリカの雰囲気とはあまりにも違い過ぎるのを肌で感じるのだ。時間はたっぷりある。毎日、大英帝国博物館やテートギャラリーに行き、ハイドパークでサンドイッチを食べた。ニューヨークのセントラルパークも好きだったが、恐怖の方が強かった。

なぜなら、いつ誰が襲ってくるのか分からない不安があり、治安が悪かったのだ。だから、いつも急ぎ足で通り抜けていた。それに比べハイドパークはゆったり、ゆっくりしていた。バッキンガム宮殿の衛兵の馬が列をなして走っているのを見ると、まるで伽の国のようであった。

ロンドンに来てからの唯一の友はカメラであった。カメラで自分を表現する、その域にまで精神は達していなかったが、夢中で撮りまくった。全てがニューヨークと違っていた。ましてや周りの建物は日本とは比べようがないほど、重厚に思えた。そして、しばらくしてチャイナタウンでアルバイトを見つけた。ニューヨークにいるときもよくチャイナタウンに行っていたので、彼らの様式にはよく馴染んでいた。そして、彼らの性格を何となく理解していたのだ。だから、ここ、ロンドンのチャイナタウンに対しても違和感はなかった。

僕はオーナーから言われる前に率先して皿洗いでもゴミ出しでも何でもやった。彼らと仕事の前や仕事の後の食事は大いに助かった。皆で家族同様のようにして腹いっぱい食べさせてくれた。何しろ中華料理というのは栄養たっぷりである。

オーナーの陳さんは香港からやって来たのだ。最初から英国のパスポートを持っていたからすぐに仕事を始められたと言うのだ。

なぜ、僕がここで働き始めたのかは、ちょっとした会話からであった。

店名の「紅林」をニューヨークでも見かけていた。そして、いつも美しい看板だなと思っていた。まさか、このロンドンのチャイナタウンで同名の店、同じデザインがあるとは夢にも思わなかった。それで、なつかしくなり看板の写真を撮っていたのだ。

そのとき、小太りのおじさんから声をかけられた。

「君！　なぜその看板の写真を撮っているんだい？」

「なぜかって……。だって、ニューヨークでも同じ看板を見かけていたので、つい嬉しくなって撮っているんですよ」

「そうか、ニューヨークの店は私の弟の店だよ。それじゃ君はニューヨークから来たんだな」

「そうです。最近、来たばかりです」

「ニューヨークとこっちはどっちがいいかい？」

「まだ分かりません」

「どこに住んでいるんだい?」

「ソーホーです」

「仕事は?」

陳さんは自分の自己紹介をすると、立て続けに質問してきた。そして、ついには、今一人欠員が出ているので働いてみないかとまで言われた。

僕はずっと人見知りで、誰とも協調性がない、と思い込んでいた。こうやって人から気に入られることもあるのだと、社会に出て初めて知ったのだ。さらに、外国だから気兼ねなく誰とでも話せるようになったのだろう。目上だろうが、年下だろうが遠慮はいらない。お互いに言葉が通じればいいのだ。日本みたいに相手に対して詮索する必要がない。出自も気にしないでいい。アメリカ流でいけばいいのだ。貧しければ貧しいほど、成功したときに称賛されるのだ。アメリカは自由気ままであった。だが、英国はそうはいかない。全て階級社会であり、古い慣習が幅を利かせていた。窮屈な世界であることを知ることになった。

僕はイギリスで将来自分のやるべき仕事を見つけたかった。しかし、その焦りは不思議となかった。自分の意志で働き、自分で判断していくようになったからだろう。

「紅林」での仕事はとても忙しかった。早朝から掃除と材料の仕込みに追われた。業者が次から次にやってくる。商品のチェックが一番重要だ。陳さんの気に入らない材料はすぐに持って帰ってもらった。開店前になるとスタッフ全員で食事をする。この時間が一番楽しかった。皆が家族のようになるからだ。ニューヨークにいたときは一人で食事することが多かった。ロンドンに来てからは陳さんのおかげで家族の一員になれた気がした。顔付きも皆東洋人なので安心感があったのだ。僕は時々、英語ではなく中国語で話しかけるときがあった。その発音がおかしくて皆で笑っていた。それだけ隔たりがなかったのだ。

休みのときは必ずハイドパークに行って、そこで寛ぐ人々の写真を撮った。特に子供や犬はとてもいい被写体であった。二、三日の休みが取れるときは、バスや汽車を使って遠出した。ロンドンから南部やコーンウォール地方に行ったとき、白い岸壁に目を奪われた。

セブンシスターズと呼ばれる岸壁の由来は、あまりにも七人の姉妹が美しすぎるのでここから離れられないように閉じ込められた、と聞いた。その気持ちが分からないまでもないが……。

つまり、美しいということは罪なのだ、と。

それから、たくさんの小さな港町にも行った。美しい浜辺。木造りのボートや漁船。さらに、真っ白い灯台。丘の上に立つお城のようなホテル。イギリス最南端のランズエンドでは荒々しい風と岩を打ち砕くような大きな波に身体が怯（ひる）んでしまった。海に浮かぶセント・マイケルの小さな島の古城には潮が引けば歩いて行けた。どこに行っても美しい風景ばかりで少しも飽くことはなかった。

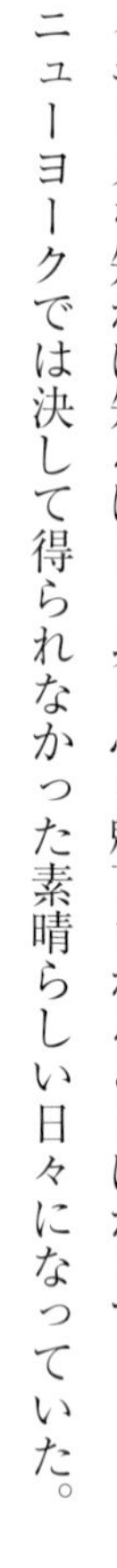
イギリスを知れば知るほど、身も心も魅了されることばかりで、
ニューヨークでは決して得られなかった素晴らしい日々になっていた。

新たな旅へ

「紅林」で働きだして小金が貯まったので、もっと自由に写真を撮りたくなって、陳さんに思い切って相談に行った。

「陳さん、僕一人抜けてもいいですか？」

「抜ける？」

「だって、新しい子が入ったから……」

「何だい、休みたいのかい？」

「いいえ、ここで区切りをつけて一人で旅したいのです」

「旅をする？　働かないと食っていけないだろう」

「それは分かっています。でも、紅林で働いたおかげで自分のやりたいものが見えてきたのです」

「ほう、それはいいね。一体、何をやりたいんだ？」

「写真です！　フォトグラファーになりたいんです」

「写真家ね……。そんなので食っていけるのかな……」

「ええ、まだできないのは分かっています」

「昔ね、戦場カメラマンという人がよく食べに来ていたよ。何とかという有名なカメラマンだ。うーんと忘れてしまったな……。それで、その人が言ってたよ。鉄砲の弾丸より地雷を踏む方が恐いって！」

「陳さん、僕はそんな危ない所には行きませんよ。もっと平和な所で写真を撮りますから」

陳さんは苦労人だから心配性なのだ。たまたまカメラで仕事をしていた人が戦場カメラマンだったので、僕もその道を選んだ、と勘違いしたのだ。

陳さんは「いつでも帰ってらっしゃい」と言って気持ちよく送り出してくれた。給料のみならず、フィルム代と言って餞別のお金までくれて、いつか必ず恩返ししなくてはと思いながら旅に出た。

僕は大雑把な計画を立てた。汽車で湖水地方やエディンバラ、そして、ネス湖に行き、ロンドンに帰ってくる。途中、バースにも寄ってみるつもりでいた。そうそう、オックスフォードもケンブリッジにも行ってみたい。どんな大学かをぜひ見てみたかった。

僕は思い切ってKODAKのフィルムを百本買った。それだけで大変な額になったが、これが将来絶対役に立つ、という目に見えない自信があった。行きつけのフォトショップで写真を現像してもらうとき、「ケンの写真はいつも構図がいいよ」と、いつも褒められていたのだ。

それで、時々大きく伸ばして店で売ったりしてくれていた。

誰か一人でも褒めてくれる人がいると人は自信を持つのだ。ニューヨークにいるときは生きるのに精いっぱいで人からの評価なんて当てにならなかった。どんな人物であろうと誰も気にしない。一ドルでも多く稼げばいいと才能の安売りで生きている人ばかりであった。イギリスに来たことで視野が広くなったのは間違いない。

湖水地方は思っていたよりも数倍美しい所であった。写真を撮る、いや撮りたいという強い衝動が出てきた。しかし、いきなり撮るのは止めにした。百本のフィルムがあっという間になくなってしまうと分かったからだ。闇雲に撮るのは止めて、これこそがミラクルモーメントになったときだけシャッターを切る。これを自分の胸に言い聞かせた。

そして、心の中でシャッターを切り、それを焼き付けるのだ。朝陽、夕陽の美しさは何ともいえない。光と影が変化していくと風景も変わってくる。湖の上に佇む小舟。愛らしい建物。丘の上の一本の木。人々の歩く姿や、犬と戯れる子供達。どれもこれもレンズを通して、眺めてシミュレーションしていたが、とうとう我慢できなくてシャッターを押し始めた。そして、あるときナショナル・トラストという言葉が気になった。宿の主人に聞くと、自然保護をするサポートの団体だと。そして、リタイアした人達がボランティアで働いて運営しているということを聞いた。歴史的な建物や風景を会員皆でサポートし守り抜くなんて日本では聞いたこともなかった。そのきっかけを作ったのが、ピーター・ラビットを描いたビアトリクス・ポターだと分かった。百年近く前に数人で環境保護運動を立ち上げ、国をも動かす自然保護団体になったのだ。これは僕にとって大変な学びになった。

それからというもの、僕の心は日に日に軽くなってきた。一枚一枚の写真が美しいかどうか、構図がどうかというより、その前に自分自身がもっと楽しめばいいのだ。それが基盤となって自然からの風景を切り取るのだ。写真そのものは撮った瞬間から過去になる。未来を撮ることは決してできない。目で見たもの全て時間とともに流れていく。真っ青な空に浮く白い雲が風に乗って消えていくのと一緒である。じっと待ってはくれない。

いつしか百本のフィルムは湖水地方だけで消えてしまいそうになった。僕は試しにフォトショップで作品を大きく伸ばし、額に入れて道端で売ることにした。そうしなければ枯渇してしまう。ニューヨークの丸田さんと同じ状況になっていることを知った。

僕は自分の作品を並べ、飾って売るだけでなく、「この今の美しい湖水地方を残しましょう」というメッセージを付けて売ることにしたのだ。

最初は誰一人見向きもしてくれなかった。それをサポートしてくれたのがB&B（宿）のオーナー、リチャードだった。

元々お金が乏しくなった頃、彼の方から写真を売ればと言ってくれたのだ。そして、一番に買ってくれたのもリチャードであった。しかも、今まで飾ってあった絵を外してレストランの壁に飾ってくれたのだ。だから、写真家としての基礎を作ってくれたのはリチャードといえる。僕の社会に対する不信感を身近な人達がどんどん剥がしてくれていった。

B&Bには日曜日になると日本ではほとんど見かけないような車で宿泊客がやってきた。僕がその中で一番気に入ったのはモーガンという車種であった。二人乗りのオープンカーでフレームは木で作ってある。そして全部手作りという。被写体としても申し分なかった。同型で色の違うのも見かけた。グリーン、レッド、ブルー、ホワイト、ブラック……。姿・形は同じなのに色の違いでデザインが変わったようにも見えた。絵になる車にうっとりするばかりであった。

そして、そのとき僕は心に決めたのだ。将来、このモーガンを絶対手に入れるぞと。まず、身近な目標ができたのだ！

リチャードにその夢を語ったら、いろいろ教えてくれた。まず、工場は小さいから年に数百台しか作らない。だから、注文しても数年待たなくてはいけない。その代わり、発注したら自分の車が今どこまでできているか途中経過を見れるのだ。その工場はまるで家具屋さんのように木型がいっぱい並べてある。そこで働く人は親子代々であると。その話を聞いてますます興味が湧き、それを作っている村にも行きたくなった。昔からの伝統を重んじる国だ。アメリカの大量消費、大量生産の世界とはかけ離れ過ぎていた。

僕は湖水地方を堪能した。そして、スコットランドのエディンバラに行く。古い町である。エディンバラ城からの眺めには何百年という歴史がそのまま残っている。しかし、人間の作った街よりもっと自然に触れたくなり、荒々しい山岳地帯を通ってネス湖まで行った。ネッシーという古代生物があたかもいるように錯覚してしまう湖だ。神秘的で一人でいると怖くなってくる。美しさとは別のミステリアスな風景そのものであった。

やがて、ストーンヘッジまでやっとたどり着いた。このストーンサークルが何を意味しているのかしきりに考えた。何も浮かばない……。

ストーンに当たる朝陽・夕陽の影が何かを教えてくれているのかもしれない。スピリチュアルな世界を知るには若過ぎていた。ただし、幻想的な美をカメラで写し取ることだけはできた。広大な丘に密かに佇むストーンサークルであった。

英国の旅は終わった。もう、日本に帰るしかない。僕は、北欧三国を回って帰路につくことにした。

一人で旅することの大事さを身をもって認識することができた。誰にも頼らず、自分で判断し行動する。全て自分を中心にして考えなくてはいけない。危険に対する嗅覚、敏速な対応も必要だ。若いときの苦労は苦労にならない。全てが成長するための必要欠くべからずの体験である。

僕の自分探しの旅はたくさんの人々との出会いによって見つけられた。将来に対する目標も垣間見ることもできた。

今後、どうやって生きていくか、その手立てを模索しながら機上の人となったのだ。

独立

僕は東京の青山に事務所兼スタジオを作った。原宿には近いし、コインランドリーもあるし、オシャレな店やカフェもある。

ニューヨークやロンドンに匹敵する唯一の場所である。フォトグラファーとして生きていくには、自分の好きな写真だけを撮ればいいというものではない。クライアントが気にいって、納得しなければ仕事にならないのだ。風景写真を得意としていたので、人物を撮るのは苦手であった。女性ファッション誌のモデルを撮るときは苦痛すら感じた。

なぜならポーズをとってもらわなくてはいけない。そのためには甘い言葉で誘導していって一瞬のうちに撮る。こういう芸当は心理的な技術がいるのだ。自分には向かないと心で分かりながらも仕事として必要であった。

しかし、一人だけぜひ撮りたい女性がいたので我慢していた。日本人の父とイギリス人の母から生まれたハーフのマーヤである。母親がイギリス人というのも気に入っていた。

私生活はボーイッシュな髪形で、ミリタリー的な私服を好んでいた。雑誌の撮影のときは女性らしさを要求されるから、それを演じていた。撮影が終われば男の子のように自由に振る舞っていた。僕はそのギャップに興味があった。

青山のブティックで仕事が終わり、帰ろうとしたとき、急に雨が降ってきた。

「イヤダー。雨が降ってきたわ。どうしよう」

マーヤの声が聞こえてきた。

「何か困ったことでもあるの？」

僕は何気なく聞いた。

「私、今から銀座に行きたいの。この雨ではタクシーは見つからないわね……」

それは僕にとって実にいいタイミングの言葉であった。

「僕は今から次の用事で銀座に行くことになっているんだよ。よかったら乗っていきませんか？」

「え！　いいの？　助かるわ」

僕はすぐさま駐車場に行き、ランドローバーを横付けした。

「あれ、松本さんはこんないい車に乗ってるの？」

「これは友人から安く譲ってもらったんだよ」

「私のパパはジャガーに乗ってるわ」

「ふーん。すごいね」

土砂降りの中を銀座に向け走り始めた。

ワイパーの音がギスギスしてスムーズではない。いつもなら気にもならない音だ。そして、緊張しているのかギアチェンジがとても重く感じられる。それでも、何気ない顔をして運転する。

マーヤは軽やかな声で話しかけてきた。

「松本さんとの仕事はそう何回もないけど、あなたの言葉はストレートに言ってくれるから楽だわ」

「えーそうですか。僕は優しい甘い言葉がうまく言えないので……」

「ファッション仲間ではとても評判いいのよ」

「そうですか。外国にちょっといたので、YES、NO、をはっきり言う癖がついたのかもしれませんね」

「どこに行ってたの？」

「最初はニューヨーク。それからイギリスです」

「素敵ね。私のママの故郷はセント・アイビスなの」

「え！　あの有名なアーティスト、バーナード・リーチの故郷ですね」

「あら、その人だーれ？」

マーヤは知らなかったが、平然としていた。そして、セント・アイビスのことを話し出した。

「セント・アイビスは小さな港町で何もないわよ。リーチなんて聞いたこともないわ。でもね、近くにセント・マイケルという小島の中にお城があるの。フランスのモンサンミッシェルと同じころにできた、海の中に浮かぶお城よ！」

「そこ、ペンザンスの近くでしょう。僕、行ったことがありますよ」

「あら、松本さんってイギリスのこと詳しいわね。今度、お食事でもいかがですか？」

僕はマーヤからの誘いにびっくりしてしまった。こんなにも話が弾むとも思わなかった。

残念なことに青山から銀座までは近い。

マーヤは適当な場所でいいですと言いながら和光前で降りた。

「松本さん、今日は助かりました。ありがとう！　必ず会いましょうね」

マーヤは手を差し出してきた。僕はちょっと恥じらいながら手を握った。

「必ず行きましょう」と言うのが精いっぱいだった。バックミラーにマーヤの手を振る姿が写っていた。

その日の夜は夢を見ているように嬉しかった。モデルと一緒にお喋りしたり、食事をすることはない。お互いに別世界の人と割り切っているのだ。僕は男女関係において、目に見えない赤い糸とか偶然性を信じていなかった。直感だけが頼りである。だから、それが上手くいかなかったときはそれまでである。

それからというもの、彼女からの誘いの電話を待ち続けた。

一週間過ぎても掛かって来なかった。リップサービスだったのだろうか……。

諦めかけていた頃に電話が鳴った。

「電話をかけるのが遅くなってご免なさい。撮影が予定より長くなったの……」

「そうか、こちらこそ気にしてくれてありがとう」

「ひょっとして、私のリップサービスと思ってたんじゃないの？」

この言葉に僕の心は見透かされていたということが分かった。そして、言い訳がましく言った。

「いや、そんなことないよ。お互い忙しいからね」

「まぁーね。ところでどこで食事しますか?」

「僕の知り合いのイタリアンにでも行きますか?」

「私、イタリアン大好き。当然、ピザもありますよね」

「決まりだ」

「場所はどこ?」

「麻布だよ」


そうやって初めてのデートの場所が決まり、数日後マーヤと食事することになった。

「このお店いつも賑わっているわね」

マーヤは時々家族で来ているという。

僕は堅苦しいフランス料理より、気楽なイタリア料理の方が性に合っていた。

本当ならば横浜の中華街にでも足を延ばそうと思ったが、初デートなので身近な所にして、安心感を持たせた。女性は男性に対してとても敏感であり注意深い。まず、洋服の趣味、着こなし、身振り、手振り、言葉の数々、人を引き付ける力を持っているかどうかを品定めする。さらに、金払いの良さ、誠実さもどうにかして見抜こうとしている。将来の伴侶を選ぶのはお互い真剣勝負である。だから店を選ぶセンスも重要だ。仕事上の食事なら、どこでも構わない。しかし、気になる人との初デートとなると緊張してしまうのも当然である。ところが、僕に比べてマーヤはそんなことを一切気にせず、オープンマインドで昔からよく知っている友人のように振る舞うのだ。僕は拍子抜けし、いっぺんに緊張が解けてしまった。

これは生まれながらの性格、環境、慣れだろうか……。全て彼女のペースで会話が始まった。

「ケンって呼んでもいい？　松本さんではいつまで経っても親しくなれないから……」

「もちろん、その方がいいよ。外国でもずっとケンと呼ばれていたからね」

「この間、セント・アイビスのバーナード・リーチの話をママにしたら笑われちゃった。すごく有名な陶芸家なのね」

「そうです。もともと日本に洋式版画を持ち込んだ人で、いつしか、陶芸の方に目覚めてすごい作家になったんだ」

「イギリス人は夢中になったら、後先考えずに突っ走るってママがいつも言ってるわ」

「マーヤの両親はどうやって知り合ったの？」

「簡単な話よ。パパがイギリスに仕事で行き、休みの日にテートギャラリーでターナーの絵をしっかり見ていたんだって。そのときにママがうっかり本を落としてパーンと音を立てたの。そして、パパがびっくりして後ろを振り向いたらママが立っていて、申し訳なさそうな顔をしてたんだって」

「それだけ？」

「これからが本番の始まり。その本が実は夏目漱石の英語版だったの」

「へえ、そのタイトルは？」

「私、読んだことがないけど『草枕』だって」

「ふーん」

「それで、パパは漱石ファンだったから、一瞬にして話しかけ、お茶に誘い、どんどん近づいたんだって」

「実にロマンチックないい話だね」

「恋に落ちる、フォーリンラブという言葉があるけど、まさか、本が落ちたおかげで愛が芽生えるなんてでき過ぎよ」

「でも、そのおかげでマーヤが生まれたんだね」

そして、マーヤは上目遣いに僕を見ながら、

「結婚するってことはタイミングよね。それが外れたら二度とチャンスは来ないと思うわ」

「そうかもしれない。いい人だなと思いながらもすれ違いになることも多いしね」

「私には結婚願望はないわ」

このマーヤの宣言する言葉に僕は驚いた。若い男女は必ずいつか結婚するものと思い込んでいた。常識を根底から覆すものであった。

「どうして、そんなふうに言えるの」

「だって周りを見ていても本当に上手くいっているのかしらと思うカップルばっかりよ。知り合い初めは両方とも熱心にいい所を見せようとするじゃない。いざ、結婚してしまったら、その熱はどこか遠くにいってしまって、家族を守るだけの生活で、それぞれの自由がなくなってしまうわ」

僕はマーヤのはっきり言う物言いにたじろぎながらも、ますます興味深くなってきた。

「日本にはアレンジマリーがあるでしょう。アメリカもイギリスも全て自由恋愛よ」

「そういえば日本人は恋愛や学生結婚よりもお見合いの方が断然多いね」

「そうでしょう。でも、これは二十一世紀になればきっと崩壊するわよ。だって、ママの友達の日本人の奥さんたちってハズバンドに尽くすばっかりで、自分の時間とか、やりたいことってないのかしらといつも不思議がっているわ」

「西洋は両親とも働いていることが多いし、そういえば、専業主婦というのはあまり見かけなかったな」

「だから、私、家に閉じ込められてがんじ搦めになるなんて、とても耐えられないわ」

「そうか、でも二人とも働いていたら子供はどうするのかな?」

「ベビーシッターに頼むしかないわね。だから、そんなこと考えていたら、とても結婚する気にならないわよ。男の人って身勝手だから女性心理を分かろうとはしない人ばっかり!」

「今の日本では考えられないけど、西洋では離婚している人が多いね。下手に、奥さんお元気ですか、なんて聞けない。どの奥さんかなと言われそう。再婚も多いし……」

「そうそう、再婚どころか再々婚もいるわよ。私の知り合いにそういう男がいてね、こんなこと言ったわ。

一回めの結婚は女性の年上と結婚すべし
二回めは年下の女性と結婚すべし
三回めは同じ年の人と結婚すべし、だって！

私それを聞いたときびっくりしたけど、意外と本質を突いていると思うわ。だって、若い男性は年増の女性に甘えたいらしいし、それから、今度は若い娘にいろいろ教えたがる。最後はお互い年をとっているから、気持ちが通じ合って、助け合うらしい」

「なるほど、そう言われればそうかもしれない。でも、たくさんの人生経験をしないと分からないことばかりだね」

「そうなのよ。それが一番の問題ね」

「大人は皆、一度結婚したら分かるよって言うしね」

「そうね。でも、耐えがたい結婚なんてしたくもないわ。でも、恋愛だけはどれだけでもやってみたいと思わない？」

「僕はまだ日本的常識に捉われているから何とも言えないね」

「あら、ケンは意外と典型的な日本人なのね。もっと西洋化していると思ったわ」

「ご期待に沿えなくて申し訳ないな」

二人はその言葉に大きな笑いを誘われてしまった。

僕は、はっきりと自分の考えを言う女性を知らなかった。遠慮がちに言う日本的女性が当たり前という思い過ごしがあった。

マーヤは日本と西洋を行ったり来たりして、思考もバイリンガルである。日本語で喋っているときは日本人の言動や仕草になっている。でも、外国人仲間といるときは完全に西洋人になりきっている。ハーフであるが故に幼い時から人間に対しての洞察力が発達したのは間違いない。父の国も母の国も母国なのだ。

それに比べ、田舎に育ち、都会に出てきた僕は、外国にちょっといただけでは根のない浮草と一緒だ。確固たる信念が育っていない。

マーヤはハーフという特殊な生活体験の中から人の言動を見続けているのだ。結局、今日の僕は、どれだけの力量を持った人か試されたのかもしれない。人としての揺るぎない何かが必要なのだ。一九七〇年代は戦後という過去を引きずりながら、未来に向けて走っていた。一九八〇年代は一体どういう時代になっていくのだろう。僕はカメラマンとしてだけで生きていけるのだろうかと思案し始めた。

時代は走る

僕の十代は一九六〇年代。二十代が一九七〇年。三十代が一九八〇年。そういうふうに区切っていくと、思春期にどういう影響を受けて、どんな考えで行動していったかで決まっていたような気がする。もともと持っている資質に気付けば拍車がかかり自動的に動き始める。しかし、思いと行動にズレが出ていると、どんなに拍車をかけても前に進まない。

有名になったスポーツ選手や音楽家達は幼い時から特殊な訓練を受けながらスタートしている。極端にいえばそれしか知らないままに教育を受けているのだ。社会の成り立ちを知らず、疑問をもたずに邁進するのだ。だから、自分のやっていることに疑問を持ち始めたら、すべて疑問だらけになる。どこかに座標軸がなかったら大きく揺れてしまうばかりだ。

僕は二十代までは世の中の仕組みがよく分かっていなかった。仕事と人間関係を学ぶのに精いっぱいであった。三十代になると成功する人と平凡に終わっていく人との差が見えてきた。

僕は、雑誌社の中で偉くなっていく人と、才能があるのになかなかいいポジションに付けない人との差が不思議であった。よく分かったのは、組織の中ではズバ抜けた才能は必要がないということであった。会社のサイズにもよるが、会社の運営にはバランス感覚が必要で、才能そのものは別な所で発揮した方が身のためのようだ。あえていえば、徳があり、強運の人が好まれるということだ。僕は組織の人と関わり合いながらも自由な職業を選んだことにいつも胸を撫でおろしていた。

そこで、僕は三十代後半から新たな人生を模索し始めた。一つの職業だけを長年やっていると新鮮さを失い、惰性で日々の生活をすることになる。朝起きても感動のない、スケジュールをこなすだけの日々になっていた。

それが一年後も二年後も変わらないのであるならば、その中から驚くようないい物が生まれるはずがない。地方に行っても仕事が終わればすぐさま東京に帰ってしまう。のんびりと田舎の空気を吸って新鮮な気持ちを作ろうとする余裕もないのだ。クライアントが気にいるかどうかであって、商品価値が上がるように撮るのが仕事なのだ。

そういう鬱積していた頃に、人々を変える出来事が世界を震撼させた。

ベルリンの壁崩壊である。ドイツの東西分断は当分続くと思っていた。だからこの出来事は世の中を大きく変える前兆のように思えた。いろんなイデオロギーを越えて自由という名のもとに人々が行き来するようになる。ボーダレスとなり、どんな国でも国境に関係なく行き来できる時代が始まったのだと。ところが、一時すると自由というのは簡単に貧しさから裕福にはならないということに気付き始めた。横一列で生きてきた人達に急に勝手に生きていきなさいと言ってもどこにどのようにしていいのか手立てがないので分からない。気の利いた人達はどんどん先に走り出すが、大半の人はスタート地点に止まったままである。

それまでは、自力で物事を考える必要がなかった。それに自由には責任という社会的義務があることも知らなかった。ドイツの東西融合は簡単に行きそうもなかった。

一九九〇年代になると、ベトナム戦争以来、アラビア半島は火薬庫といわれていたがついに火を噴き始めた。日本ではオカルト的な集団が跋扈し、人々の不安を煽った。一九八〇年代のバブルのつけが覆い被さってきたのだ。

アクセルを踏みながら、ブレーキを踏み続けるという歪な社会になってきた。

日本でのデパートの催事は文化的なものが多かった。それが一夜にしてなくなった。文化やアートでは人を呼べなくなった。心の余裕がなくなってきたのだ。まず安い物しか売れなくなった。その中からガリバー企業が目立ち始めた。ブランドの生き残りも凄まじい形相になってきた。ほとんど拠点を銀座に移してきた。その中に安売り屋も入り混じってきたのだ。人々は世の中の速いスピードに心が追い付かなくなってきた。その火に油を注いだのがパソコンと携帯電話の出現であった。

これで世の中は完全に変わってしまった。

いつしか僕は四十歳になっていた。日本での仕事を一区切りつけて、もう一度海外に出ることで新たな自分を見つけようとした。

ニューヨークのグリニッジ・ブリッジのギャラリーを皮切りに個展を始めることにした。

エージェントのジムがオープニングの招待リストを見せてくれた。外交官、ミュージシャン、経済人、錚々たる人達が名前を連ねていた。その中に、なつかしい思い出深い人の名があった。レッドフラワーの丸田さんだ。

ジムは丸田さんのことをよく知っていた。

「ミスター丸田はケンの作品を絶対買ってくれるよ！　ケンの撮った気球、あれは気に入ると思う」

「そうなると嬉しいね。僕も最初気球に乗ったときの感動は忘れられないな。音もたてずにスーと空に舞い上がる。まるで鳥のようだった……」

「ケン！　丸田さんにそういう説明をしてくれないか、彼はきっと喜ぶよ！」

ジムは今回の写真展に力が入っていた。どうやって著名なシンガーやミュージシャン、企業のオーナー達をリストアップしたのだろうか？　アメリカのエージェントは思った以上の仕事をやってくれる。だから、その報酬はとんでもなく高い。いくら商品が売れても作家の実入りは少なくなる。エージェントとギャラリーのためにやっているようなものだ。でも、僕はそれでもいいと割り切っている。なぜなら、新しい何かのきっかけがほしいからだ。

一九六〇年代なら外国で個展をしたということだけで凱旋記念展として日本で大々的に華々しく催すことができたろう。しかし、今は違う。いくら外国で有名になっても、日本では評価されないし、売れるとは限らない。逆輸入というありがたい現象も起こらない。日本の芸術・文化の基盤はしっかりしているのに、その大切さや良さが日常生活に生かされていないように思える。つまるところ、文化的教育が幼少の頃からなされていないからだ。親達は子供をディズニーランドや水族館には連れていくが、美術館に連れて行く人は少ない。絵や写真を鑑賞し、それについて議論を戦わせたり、自分の意見を言わせることはない。

僕は最初、メトロポリタンミュージアムに行ったとき、小さい子供達がゴッホの絵の前に座り、先生たちと鑑賞していた。そして、それぞれに独自の意見を言っていたのだ。それを見たとき、何と素晴らしい授業かと唸ったものだ。

アメリカの美術館や博物館などは日曜日になると無料になることが多く、とくにワシントンにはたくさんの博物館があって全米から押し寄せてくる。大きな天井にぶら下げてある人類初、ライト兄弟の飛行機を見たときの感動は、何年もたった今でも鮮やかに目に焼き付いている。だから、幼い時からの教育が必要なのだ。また、そういう環境の中から、新たな分野のヒーローが次から次に生まれてくる。

アメリカの強さは多民族の集まりで常に流動している。戦争をやりながらも文化芸術もテクノロジーも同時に発展している。奥の深い国だ。しかし、それに取り残されている人々もいっぱいいいる。多様な人々の集まりには混乱はつきものである……。

個展のオープニングは盛会であった。僕がニューヨークで最初住んで知り合った人達はほとんど他界していた。その中の一人の日本人アーティストの元田さんだけは健在であった。

久し振りに会ったのに笑顔と握手だけで会話は弾まなかった。彼も、アメリカン・ドリームを夢見てきたが、いつかは日本に帰りたかった。しかし、チャンスを逸し年を取り、疲れ果ててしまったと苦笑いするばかりであった。

そのとき、ジムが声をかけてきた。

「ケン、ミスター丸田が来てくれたよ」

僕は丸田さんの目の前に初めて立って、握手をした。昔と変わらぬ、優しくて、人なつっこい眼差しであった。

「初めまして丸田さん。実は、二十年前に僕はニューヨークに住んでいました。そして、その頃、丸田さん主催の美術展でお見かけしたことがあるのです」

「ほう、そうですか。あの頃の青年たちは皆必死だったからね。今となると上手くいったアーティストは少ないね。そんな中で君はこうやって個展をしているくらいだからよく頑張ったんだな……」

「そう言ってくれると嬉しいです」

「ところで、君の薦める作品どれですかね。アメリカでは作品は大きくなくてはいけないよ‼」

「ぜひ、お薦めしたいのが一点ありますが他のも見て下さい」

「分かったよ。それではゆっくり見せてもらうよ」

そう言いながらも、丸田さんの周りには作品を見るどころか人が集まってきて、話しかけてくるのだ。ジムもそれにはお手上げであった。

幸いにもほとんどの作品に赤丸が付いて売れてしまった。丸田さんが買ってくれたのは、意外にもスコットランドの灯台の写真だった。その理由を聞けなかったのが残念だった。

それでも僕は今回の個展で少し自信を持つことができた。

個展のテーマは「SILENCE（静寂）」だ。目まぐるしい社会に一時の静けさを投げかけたかった。無なる心を出したかったのだ。

強欲な時代から本当のシンプルライフに移行してほしいのだ。それは、ままならぬ流れであるが、少しでも、一瞬でも、僕の写真を正視してくれることで流れを止められたらいいと痛切に願ったのだ。写真は時間の流れの一コマを撮り、時間を止めることができる唯一の手段である。一瞬一瞬の連続の一コマをいただくのが写真である。写真を撮った人全て平等に与えられるギフトなのだ。

忙しかった一日は終わった。ジムは上機嫌で、今後の個展も期待できそうだと相好を崩していた。出版された写真集も好評だという。

僕は、手応えがあったとしてもまだ何かが足りないという思いがあった。なぜなら、ビジネスの域から脱していないからだ。本当に心ある人の魂に届いていないのを感じた。だから、明日からの一週間はそういう目で見てくれる人を見つけたかった。

ホテルに帰り、窓のカーテンを開ける。セントラルパークの街灯が見える。きっと夜明けは素晴らしい朝陽が迎えてくれるに違いない。

二十年前に安ロフトに住んでいた自分が、今やセントラルパークを一望できるホテルにいるとは信じられなかった。どうやって生きていったらいいのか分からないままに住んでいたニューヨーク。それが確固たる目標がボンヤリしたままでも、ここにいるという不確かな自分と格闘しているのだ。使い慣れたフィルムカメラが古典的な機械になり、世の中をひっくり返す新しいハイテクのデジタルカメラの社会になるなんて、思いもよらぬ日であった。世の中は目に見えない間にまたもや猛スピードで変革しているのだ。

啓示

ニューヨークでの個展が終わったので、イタリアに住む写真仲間のマルコに会いに行くことになった。マルコは日本が好きでとても愛嬌がいいので誰とでもすぐに仲良くなる。

青山にいるときいつも連れ立って一緒に写真を撮ったり、レストランに行っていた。特にプチホテルに興味を持っていた。

よく話を聞いてみると、彼の本業は写真家ではなくホテルの経営者らしい。そこでフィレンツェに帰っているマルコのホテルに行くことにしたのだ。

ミラノの空港にマルコが迎えに来てくれていた。

「久しぶりだね。マルコ」

「ケンこそ元気そうだね。ニューヨークの個展は好評だったらしいね」

「もう、知ってるの？」

「当然だよ。そういう情報は早いんだよ」

「エージェントのジムのおかげだな。きっとニューヨークだから売れたんだと思う。イタリアはどうかな？」

「難しいと思う。でも、何でもやってみないと分からないね」

「そう、僕もやってみて初めて分かったことがいっぱいあったな。頭からダメだ、何て言っていたら先に進めない。とにかく、やり方次第でどうにでもなるよ」

僕とマルコには共通している信念があった。

「ナチュラル」というテーマである。さらに、物語性だ。それをいつも話し合っている。

僕とマルコはフィアットのオープンカーに乗り、フェレンツェに向けて走り出した。イタリア人はスピード狂が多い。霧もよく立ちこめるので心配していたが、今日はよく晴れていたし、マルコの運転もいつもよりおとなしかった。

マルコは僕の写真を高く評価してくれている。

「ケンの写真には連続性があって、ドラマを感じるよね」

「それはありがたい言葉だ」

「だって他の連中の写真は一点豪華主義で、どうだすごいだろうという自画自賛が多いよ。謙虚さが足りない」

「そういうマルコだってイタリアでも日本でも皆が気が付かない所を撮っているじゃないか！　僕も同じように君の写真からストーリーを読むことができるよ」

「そうかい。ありがたいね」

「ほら、この間横浜の公園のベンチに座っているカップルを、大きな客船をバックにして撮っていたじゃないか。あれは会話の内容まで聞こえてきそうだよ」

「うん、あれは良かった。リアルな現場で撮っていると計算されていない面白いものに遭遇するんだ。そういうときって、アドレナリンが出てくるよ！」

マルコは当初、日本に来たときはむやみやたらに撮っていた。全てが文化の違いで面白く見えたし、新鮮でもあったのだ。それは、僕も同じことで最初の海外の旅のときはどこそことなく撮りまくっていた。見る物全てが興味深く見えたのだ。それが数日経つと立体的、創造的に見えていたものが、平面にしか見えなくなってくるのだ。だからマルコといつも一致するのは、新鮮な気持ちを持続させることができるかどうかだ。人はすぐに環境に慣れてしまう。

車はスムーズにフィレンツェの町に着いた。

二人の会話はいつまでも続いていたが、マルコの大きな一言でハッと我に返った。

「ほら、ここがマルコホテルだよ」

自分の名前がホテル名だったのだ。

外観の美しいこと！　外装は何百年も変わらぬ昔のままだ。

一歩中に入ると真っ白い大理石が敷き詰められ清涼感が溢れている。ロビーに置いてある真っ赤な皮の椅子と重厚なテーブルが目を引いた。奥は太陽の光が入るパティオになっていて、ハーブが所狭しと植えられていた。狭い空間を巧みに利用している。

「マルコ、君のホテルはまるで現代の修道院ホテルだね」

「よく分かったね。実はアビーホテルなんだ。部屋を見れば分かるけど、狭いけどちゃんとシャワー室とトイレはある。ベッドも机も椅子もね。修道僧の住んでいる様式とほとんど一緒だよ。窓から景色が眺められるから息苦しくならない」

「これは素晴らしい！」

「部屋の数は少ないから、年中予約で満杯だよ」

「実は、何年か前に撮影でアッシジに行ったとき、山の上の修道院に泊まったんだ。そのときあまりにも美しく、質素で、たまらなく感動したんだ。それをこんな街の中で味わえるなんて想像もつかなかったよ」

「これは、僕にとって理想のホテルではないけど一応満足している。親父の後を継いだだけで、何の努力もしてないよ」

「いや、マルコ！　立派な後継者だよ。今の世の中、跡を継ぐだけでも大変な努力がいるからね」

「マルコ、こんなホテルを日本の山奥のどこかに作って見たくなったな……」

「それはいい考えだ。応援するよ！」

「まるでユートピアを作っているようだ……」


僕は理想とするイメージがあった。

ニューヨークのクロイスター美術館に行ったときも、何でニューヨークにイタリアがあるのだとびっくりした。館内に入り、パティオの周りをゆっくり歩き、物珍しさで写真を撮った。それが修道院を知る最初のきっかけであった。MOMAやグッゲンハイムを見た後に見たクロイスターは過去の遺物にしか見えなかった。若過ぎたせいか、歴史や伝統の良さをまだ知らないでいたのだ。三十代になり、トスカーナやアッシジに行って初めていろんなことが体験的に分かってきたのだ。修道院の周りには必ず畑があってハーブやオーチャードがある。要するに、自分たちの生活を賄うだけの食料を生産し、それを次の世代にも継承していく。誰にも頼らない、自立、自活の精神が宿っているのだ。それに昔は病院がないからいろんなハーブが大事な医薬品として重用された。

現代では心が病んでいる人の行き場はない。ゆっくり体を休める場もない。自然との触れ合いによって、自分の心に優しさがあることを知らされる。美しい花たち、鳥の囀り、木々の葉を揺らすそよ風。自然との共生である。

もしも、電話もTVもパソコンもラジオも何もない所で数日間過ごせば、リセットできるのではないだろうか。マルコのホテルは僕にとんでもない啓示を稲妻のように投げかけのだ。

僕はこのとき初めてユートピア、理想郷の必要性を感じだしたのだ。

モーガンライブラリー

イタリアに長く滞在するつもりでいたが、ニューヨークのジムから、イベントの企画が持ち上がったからすぐに会いたいと連絡がきた。それを聞いたマルコも一緒に行きたがったが、ホテルの事情が許さず行けなくなった。僕は飛行機の中でアビーホテルを核とする理想郷、ユートピア計画を練り始めた。ニューヨークまでのフライトは時間を忘れるほど計画に没頭した。

いつものセントラルパークを見下ろせるホテルでジョンと会った。

「ケン、巡回展をやるつもりだ」

「どこで？」

「まず、モントリオール。これはニューヨークに近いからいい。次はウィーンだ。これは遠い。それから、ロンドン。そして、最後は東京だ」

ジムは興奮気味に話すが、僕はその話には興味を失いかけていた。ジョンとギャラリーのビジネスであって、僕にとっては名前を売るだけの宣伝みたいなものである。かといって資金がいる。ジムの気持ちを優先して契約することにした。

僕は事務的手続きを終えると、気分転換するために三十七丁目あたりを歩き始めた。そこにはいつか入りたいなと思っていたモーガンライブラリーがある。催事の内容も確かめずに入館した。ところが、何と思いがけないものに遭遇したのだ。

僕はジョン・スタインベックが好きで、特に『チャーリーとの旅』は愛読書であった。作家自身がアメリカ国内を愛犬と旅するエッセイである。これを読んで真似する人達が続出したらしい。キャンピングカーの名がロシナンテ。これはドンキホーテに出てくる馬の名前である。その本の直筆原稿が飾られていたのだ。それだけではない。英国の湖水地方でピーター・ラビットの本を書いたビアトリクス・ポターの絵と文も飾られていたのだ。憧れ、気にしていた人達の直筆を目の前にし、これは何らかのメッセージではないのかと、震えがきた瞬間であった。他にも多数の著名人の原稿や楽譜もたくさん並べてあって見飽きることはなかった。

興奮を抑えるためにカフェに行った。古い建物の中に近代的なガラスで天井を被い、真っ白い大理石の床はピカピカに磨かれている。古い建物と新しい構造物で合体させる先進性を感じさせられるデザインだ。今の僕はこういう美しい物や先人の知恵を知ることが必要であった。目標や目的は見えつつあるが、それに応じるだけの力はない。ユートピアの夢を達成するには、もっと確かな人達と会うことでじっくり話を聞き、それらを総合的に判断し、自分の言葉として喋れるようになったら次の段階に進めるのだ。

それにしても、モーガンライブラリーの底力には驚いてしまう。歴史的な人物の遺産をほとんど収集している。財力の強さというより、それだけ集めてしまうエネルギーに圧倒されてしまう。だが、冷静に考えていくと、お金の力で捻じ伏せて、これでもかという見せ方もある。しかしこれは誰でもできる方法ではない。普通のノーマルな生き方をしている一人ひとりの心に訴えられるものが必ず何かあるはずだ。それは、お金で買えないもの……。人の心を感動させ、魂を揺さぶるものが……。一体それは何だろう。そのとき、一人の男を思い出した。彼は僕に堂々とこう言ったのだ。

「お金は愛だって、友情だって買える。夢だって買えるさ。全てがお金で解決できるんだよ」と。ウォール街で働くマイクの言葉だ。

彼は膨大なお金を動かすディーラーだ。お金を動かせば動かすほどリッチになっていくのだ。彼とは馴染みにしているライカショップで知り合った。マイクはどの機種を買ったらいいのか分からず、店員にいろいろ質問していた。そんなときに居合わせたのだ。そのショップには僕の作品が数点飾ってあった。

「この飾ってある写真はとてもいい。僕も欲しいくらいだ。それで、こんなふうに撮りたいけど、どのカメラを買えばいいんだ？」

店員は苦笑いしながら

「これはカメラの機種の問題よりカメラマンのセンスによるもので、誰でもこんなふうには撮れませんよ」

「そうかな、僕は今から本格的に写真を撮りたいんだ。センスよりカメラが一番大事だと思ってるけどね」

「どれも、これもカメラの性質と特徴があるから一概に言えません」

他の客も説明を待っているから店員も困惑しているのだ。

そのとき、店員は僕にウィンクして助け船を求めた。

「お客さん、この写真を撮った本人があなたの隣にいるんですよ」

「え！　何ということだ」

マイクは急に握手を求めてきた。

「よかったらぜひ僕にアドバイス下さい！」

と無邪気な笑顔になった。

マイクとはそういうきっかけで知り合った。彼はマンハッタンで生まれ育っているから完璧なニューヨーカーである。典型的なアイルランド移民の子で、ほとんどの親や友人たちは警察官になっている。彼だけはそういうものに興味を示さなかった。上昇志向が強く、頭も切れるので株のトレーダーになったのだ。そして、お金以外はほとんど信用していないと豪語するのだ。なぜなら、生まれ育ったこのマンハッタンで人生の浮き沈みをたくさん見ているから、自分だけはそうならないように努力しているのだと。蓄えたお金もいろんな形に分散して用心していると。マイクがなぜカメラにこだわったのか、それは実に単純な理由であった。株のトレーダーよりフォトグラファーの方が見栄えがいい。さらに、「ジオグラフィックの写真にいつも感銘を受けていて、いつか自分もそのマガジンに掲載されてみたいという憧れがある」と言うのだ。将来、リタイアするための準備でもあるらしい。

今のマイクは、他人に対してバリアを作っているのだ。お金を持っているということだけで見も知らぬ人が寄ってくる。特に女性は見え透いている行動に出てくるらしい。だから、本当の愛の交流を経験していないのだ。自分よりもお金目当てに近づいてくるかどうか察知するのが上手くなったようだ。

今は、とにかく稼げるだけ稼ぐ。将来の夢や目的は考えていないが、美しい写真を見るのが唯一の息抜きになっていたのだ。

後日談だが、マイクは僕と会って意気投合し、ショップの店員にお礼だと言って高いカメラを数機種買って自宅に届けさせたらしい。マイクのバリアは僕には通用しなくなりいつでも電話をしてアドバイスを求めるようになった。そして、ブラックマンデーも見事に切り抜けたように見えたが……。リーマンショックの時から彼の姿は見かけなくなった。

小さな美術館

僕は東京に帰ってくるとリセットするために車を飛ばし、鎌倉に行くことにしている。撮影の仕事場としても最高である。特に北鎌倉が好きである。円覚寺や明月院など名のあるお寺がたくさんあるのだ。六月だけは鎌倉に近寄らないようにしている。なぜなら、明月院の紫陽花は有名で全国から人が集まってくる。常に長蛇の列ができて歩くこともままならぬ状態だ。

その近くに瀟洒(しょうしゃ)なニューイングランド風の煉瓦造りの建物がある。前庭はアメリカ風の楓が聳(そび)え立ち、玄関にはアンネの薔薇が咲いている。小さなイングリッシュガーデンだ。とても鎌倉とは思えない美しい建物だ。それが日本でも有数の著名作家の美術館である。中に入るとリビングになっていて、脇に猫足の小さなピアノが置いてある。時々、音楽会が催されるという。壁には品のいい原画が飾られている。ソファも置いてあり、ゆっくり作者の本を見たり、読んだりすることができる。美術館というよりも友人、知人達が遊びにくるゲストハウスのようだ。スタッフの笑顔と温かいもてなしが評判でリピーターが多い。気楽にいつでもやって来れるのだ。館長の木下さんとは撮影の縁で親しくなった。僕が訪ねて来たのを知って、館長室から木下さんが出てきた。

「松本さん、ニューヨークに行ってたんだって？」

「ええ、帰ってきたばかりです」

「向こうはどうでした？　個展をやったんでしょう」

「お陰様でとっても良かったです。別のギャラリーからもオファーが来ましたし、一応成功ですね」

「それは良かった。松本さんの作品は普遍的だから、どこの国の人が見ても納得するものがあると思うよ」

「いや、そう言ってくれてありがとうございます。ところで、モーガンライブラリーに行って、かなりインスパイアされました」

「ほう、それはどういうことですか？」

木下さんは世界の美術館にとても詳しいし、博学なので身を乗り出してきた。

「実は、ビアトリクス・ポターの直筆と原画を見たんです。それが瞼に焼き付いて、一向に消えないんです。以前、彼女の生き方を僕に話してくれたじゃないですか。それをもっとお聞きしたくて立ち寄ったのです」

「なるほどね。しかし、それはいい物を見て来ましたね。他にもたくさんの展示品があったでしょう？」

「ええ、目を丸くして見ましたよ」

「彼女はね、たくさんの本を書いた訳ではないが、晩年の人生は社会的貢献が素晴らしかったですね。レッドクロス（赤十字）の応援や湖水地方にしかいない素晴らしい羊を飼育したり、雇用を考えたりしましたね」

「ナショナル・トラスト運動もそうでしょう」

「そうです、これが一番大きいかもしれませんね。ご存知のようにポターはお父さんと一緒に基礎を作りましたからね。今日のように隆盛になっているとは夢にも思っていないでしょう。すごい団体、組織になりました。自然環境保護という点で見習うべきものがたくさんありますね」

「僕は湖水地方に行ったとき、そんな話を聞いても自分には関係ないと思っていました。今思うと実に浅はかでした。それで、今度ばっかりは真剣に勉強しようと思っているんです」

「そりゃいいね。日本にもそういう運動を根付かせたいものです」

「どうしたらできるでしょうか？」

「頭に浮かぶのは財団ですかね……」

「財団を作るといっても相当な金額が掛かりますね」

「いや、ちょっと待って。そうとは限らない方法があるかもしれない」

木下さんは少し間をおいて話し始めた。

「何でもそうですが、続けていくためには資金がどうしても必要です。どこの美術館でも補助金がなければ運営できないでしょう。ましてや、個人の美術館で上手くいっているのはほとんどありませんからね」

「この美術館はどうしているんですか」

「オーナーの先生は幸いにも有名なので相当本も絵も描いています。だから、印税とか、キャラクター使用料とか、そういう企業との繋がりで運営できているんです。とても稀な存在ですね」

「なるほど……」

「それに小さな美術館ですから、数人で運営できます。一人で何役かやればいいんです。スタッフは朝の庭掃除からスタートですよ」

「一人で何役もやる。これはいいシステムですね。大企業だと仕事をやり過ぎれば越権行為になりますから……」

「だって、私と松本さんも一人で全てやっているでしょう。それと同じですよ。その方が目が行き届き、やり甲斐もあります。自由な雰囲気で運営できます」

「それで、ここのスタッフの皆さんはいつも笑顔が絶えないんですね。木下さん、実はこれからの人生を考えているのです。大きな目標は僕なりのユートピアを作ることなんですが……」

「ほう、それは雄大な発想だな」

「僕は個人でずっとやってきました。外国にもたくさん行ったし、これからも行く予定です。それでいろんなものを見ているうちに、人は一体何のために生きているのだろうと疑問を抱えるようになったのです。ニューヨークで一番劇的なのは同じ町に住み同じ人間なのにとんでもない金持ちと人生の最貧困にいる人達との格差です。当然、中間もいますけど、その格差は大きいです」

「それは私にもよく分かります。しかし、この格差は今始まったのではなく、いつの時代も人間となってからその格差はついて回っているように思えますね」

「王様と一般庶民。農園の主と隷属的な人達ですね」

「それもそうです。よく考えてみて下さい。人は生まれたとき、何にもできない赤子です。それはいつの時代に生まれても不変ですね。何が違ってくるかといえば、物心ついたときからの環境や教育の違いです。つまり、はっきりいえば人はより良い教育をされなければ原始時代と同じということになります」

「そうか、人は善き心と悪しき心の両面を持っている。その悪しき心を完全に駆逐することはできない。そうであるならば、悪しき心を善き心で、常に被いかぶせる必要があるんですね」

「そうです。今や世の中はパソコンとかハイテクの情報で人々は踊らされています」

「昔は鍬や鋤で耕していた。それが妙な箱がそれに取って変わっているようなものですね」

「そう、ツールが変わっただけですよ」

「あぁ！　何となく僕が言いたかったことにたどり着きそうです。つまり、心の満足がないままに生きていることの苦しさなんです。お金持ちの友人達がいます。彼らは決して悪い人ではないけど全てがお金で判断しようとします。物質欲が凄まじい。しかも、いくら何を買っても満足しないで、もっともっとなんです」

「強欲なんでしょう」

「さらに、人を信用していないんです」

「それは当然でしょう。なぜなら、自分を信用していないからですよ。その人たちは複雑な心理になっていると思いますよ。そうでなければ精神のバランスが保てない……」

「そこで、裕福な人でも貧困の人でも同じように幸福を感じられるものがあるはずですよね」

「無論、あるはずです」

「それは何を感じたときにあると思いますか？」

「おそらく、真から心の安らぎを感じたときでしょうね。自分の心が無になり、シンプルに物事を考えられたときじゃないかな」

「と言うことは？」

「何もないから逆に安心ということですかね。つまり、何度も言うけど赤ちゃんは裸で生まれ、何もない素っ裸。それがいつの間にか、物にまみれ、お金にまみれ、人の目にさらされながら生きていく。約束事やいろんなことに縛られ窮屈な生き方を強いられてくる。そういうもの全てから解放されれば楽に生きていけるはずです。簡単な例をいえば、お金はとても必要です。何をするにしてもお金がなければ叶いません。しかし、お金は重要ではないんです。お金を目標にしてはいけないのです。あくまでもツールとして活用させるものなのです。だから、人は今の自分に幾ら必要か、ということを常に考えておかなければいけない。そうでないと必要以上の生き方をして無理してしまうんです」

「要するに、身の丈に合った生き方をすればいいんですね」

「そうとも言える。しかし、何か事を始めようとすれば大風呂敷も広げなければいけないときもある。だから、常に一つの案だけでなく幾つかのオプションを持っていて、一番できそうなものから始めればいいんです」

「大きい夢をかなえるには足元を見て、基礎作りをすればいいんですね」

「そうです。だって、いくら夢いっぱい広げた話を銀行にしても、それはあなたの勝手な夢でしょうと言われてしまう。きちんと事業計画を作って、いくら経費がかかって、いくらの収入がありますから、ちゃんと返済できます、という筋道が立てられれば相手も商売だから乗ってきますよ」

「まず、きちんとした計画書。そして、銀行の説得ですか」

「そうですね」

「なるべくなら銀行から借りたくないですね。返済が何年も続くかと思うとブルーになりますよ」

「大丈夫！　慣れだよ。初めてのときは心配するけど、採算の合うビジネスであれば、ちっとも心配することはありませんよ。私も若い頃どれだけ事業をしたか分かりません。銀行とともに生きてきたようなものです」

「へぇー、木下さんは以前はビジネスマンだったのですか？」

「そうですよ。それらをすべて卒業して、今の仕事をやっています。数字を追いかける仕事は懲り懲りです。でも、いろんな仕事をやったおかげで社会のルールや人脈ができたり、世の中の事がよく分かるようになりました」

「経験というのは大事なんですね」

「そう、いくら頭で考えても駄目だ。似たようなケースがいつも起こるけど、同じ手法で解決できるとは限らない。未知の世界ばっかりですよ」

「今までやった仕事で面白かったのはありますか？」

「そりゃありますよ。例えば日本でまだ流行っていないものをニューヨークから持ってきたりしてね」

「ニューヨークからですか！」

「そう、あのマンハッタンの中にはまだ見ぬ宝が埋もれている。それが当たったときは快感でしたね」

「僕もニューヨークでどれだけ刺激を受けたか分かりません。どこにスポットを当てても面白くて、ユニークなものを思い出すことができますよね」

「その通り。やはり多民族国家で、若いエネルギーのある人達がたくさんいるし、お互いに競い合っているからいいんです。誰にインタビューしてもユニークな自分の意見を堂々と言うし、非常に分かり安い。でもね、せっかく苦労して見つけたものを、他の会社にスルリと持って行かれたときはショックだったね。僕らも商売、相手も商売、契約を交わすまでは油断も隙もなかったな」

お互い、ニューヨークの話はいつまでも尽きなかった。

仕事と人生とは

木下さんとの会話は止めどもなく続き、いつしか外は暗くなっていた。近いうちにまた会う約束をして美術館を出た。僕は大きく深呼吸した。今日の会話はとても役に立った。木下さんはありとあらゆる所でいろんな経験をしているので、どんな方向からも話を進めることができる。片寄っていないし、それに全て前向きである。ネガティブで嫌な言葉は使わない。そういう点で見習うべきところがたくさんある。僕は北鎌倉から鎌倉へ行き、夕食を取ることにした。小町通りの横丁に小粋な鮨屋があるのだ。そこは写真仲間の溜まり場でもあった。行きつけの場所があるというのが一種の安心感をもたらしてくれる。そういうお店を何軒か持つべきだといつも思っている。そうすることで、どの町に行っても自分の町として捉えることができるのだ。そうでない限り、いつまでも旅人であり余所者になるしかない。僕はどんな国に行っても必ずレンタカーを借りて走り回ることにしている。そうやって自分の町にしてしまうのだ。

ロンドンでもパリでもローマでも自分の運転で走ることで一体感が出てくる。そこの住民になって溶け込んでしまうのだ。それが仕事も上手く運んでくれるきっかけを作ってくれる。

僕は年齢的に四十代が一番強力な時代と思っている。十代までは親の庇護のもとに育ち、教育される時代で、自分の判断はあやふやで不透明だ。いろんな人達の意見に左右されてしまう。だが、全てを吸い取り紙のように見て聞くことで成長していく。そして、好奇心も旺盛だ。二十代前半までは十代を引きずっているが、後半になると一気に大人の世界に引きずりこまれてしまう。答えが分からぬままに振り回されていく。何が正しく、何が正しくないのか決定権がないままに過ごしていく時代だ。言われるがままに生きていく。それを素直に聞いている人と常に斜に構えている人とに分かれてくる。二十代の人脈は学生時代の続きだから役には立つことは少ない。肉体的には絶好調のようだが、精神的悩みもだんだん深くなっていく。その限界が分からないで体調を崩していくこともある。夢や希望が世の中にあるのだろうかと気持ちが萎えたりする。逆もありで、やる気満々の人も出てくる。両極端に分かれてくるのもこの頃だ。

三十代になるとある程度の世の中の仕組み、社会情勢、人間関係の複雑さ、白と黒を明確に決着できない曖昧さに苛立つことになる。優柔不断な行為が良しとされてくる。サラリーマンであるならば、三十代後半には上に昇る人と、そうでない人とに選別されてくる。同期で入った人との差が一気に広がっていく。研究者であるならば地味な仕事もコツコツとやっていれば、いつか芽が出ることもあるだろう。しかし、一般職の人にとっては一日一日が勝負で時間的余裕はない。日々競争なのだ。それに耐えられない人達は転職して別の自分に向いた仕事を探し始めるしかない。昔と違い、社会は定年まで面倒を見てくれるところではなくなった。最後に頼れるのは自分しかないのだ。

僕はいろんな会社のコマーシャル撮影を仕事としてきたから、それぞれの会社の事情に詳しくなってきた。一見よさそうに見えた部署も売上が落ちればいつしか消えてしまっていた。人材の活用が上手くいってないのが原因であることが多い。会社が大きくなればなるほど、皆が無責任になって他人任せになってしまう。起死回生のための商品開発をし、それが当たったときは幸いだが、そうでないときは悲惨である。だから、担当者は必死である。

僕はそのエネルギーを何度も受け止めながら撮っているのだ。最初は撮ることだけに集中していたが、その商品が売れるかどうかが自分の腕にかかっていると知ったときから極度の緊張感に捉らわれるようになった。

僕のユートピアはどこか遠くに行き、夢物語としか思えなくなってきた。

マーヤとの再会

原宿の交差点で信号を待っていると、目を引く親子が対面に見えた。信号が変わり、歩き始める。女性は颯爽として、髪の毛を束ねポニーテールにしている。娘はショートカットで男の子のようにジーンズをはかせている。お互い気にしながら、横断歩道を渡ろうとしている。そして、目と目が合った。

「ケン、ケンじゃなーい！」

僕は驚いて彼女を見つめた。

「マーヤかい！」

お互いに抱きつきそうになった。娘は僕を上向きに見つめた。そして、僕はマーヤの進む方向に後戻りしていった。

「ケン、本当に久し振りね」

「君こそ急にいなくなってどうしてたの？」

「I.m Sorry. So. Sorry ……。とても日本語では謝れないわ……」

「そんなこと、どうでもいいけど、このかわいらしい娘さんはマーヤの子供？」

「そう、ソフィーっていうの。私、今シングルマザーよ」

「え、そうなんだ……」

「私、間違って結婚しちゃったの。でも、ご覧の通り長くは続かなかったわ」

「で、今からどこに行くの？」

「ソフィーをバレエ教室に連れて行ってるの。ねえ、預けたらその間お茶でもしませんか？」

「もちろん、ＯＫだよ。それじゃ中庭のある例のカフェで待ってるよ」

　事務所に電話して僕の変わりにアシスタントに打ち合わせに行くよう指示した。こんな巡り合わせは到底ない。僕が今まで独身で通したのは、初めて会ったとき、マーヤの「私は結婚なんてしないわ」という強烈な言葉が残っていたからだ。何度かデートを重ねていたが、急に彼女は僕の目の前から姿を消したのだ……。

　マーヤは急いできたのか、座るや否や水を飲み干した。

「ケンはちっとも変っていないわね」

「ところで、マーヤは今何してるの？」

「ハーフのタレントを集めたモデルの会社をやってるの」

「ふーん、上手くやってるの？」

「何とかやっているだけ。ケンも知っているように、採用されるまでは皆素直だけど、仕事が入り始めたらわがままばっかりで、人を扱うのは難しいわ」

「そうか。それでは小さい会社ながらも社長さんだね」

「そうね、社長なんてなるもんじゃないわ。もともと、うちのハズバンドがやっていたのを別れることになったから、私が引き継いだのよ」

「それで、ハズバンドは？」

「さっさとアメリカに帰って行ったわ。私の英国気質とアメリカ気質は合わないの！　男って、本当につまらないわね。次から次に若い娘を追いかける。その度に喧嘩よ」

「マーヤは若い頃言ってたじゃない。男と女が上手くいくはずがないって……」

「それをね、今、実証しているのよ。ところでケンは結婚してるの？」

「いや、してないよ。するチャンスがなくてね」

「いい人をいっぱい見過ぎてやる気がなくなったのでは？　今からでも遅くないわよ」

「そんなことをマーヤが言うなんておかしいよ」

「だって、ケンほど魅力的な人はいないって前から思っていたのよ」

「それはありがとう。でも今はニューヨークに行ったり個展をやったり、結構忙しいんだ。そうそう、ファッション業界とは遠のいてしまったよ」

「そうか、それで業界ではケンの名前を聞かなくなったのね……。でも、ニューヨークで個展！　すごいわ。テーマは何？」

「ＳＩＬＥＮＣＥだよ」

「ふーん哲学的ね」

「だってこの世の中全てが騒々しいだろう。だから、今一番必要なのは、静けさ、沈黙、無、シンプルライフ……」

「そうね。私もそう思う。東京にいればあっという間もなく一日が終わるじゃない。今日何をしてたんだろうっていつも思うわ」

「マーヤ、最近、空を見上げたことある？　星とか月とか夕陽とか……」

「そういえばほとんどないわね。自然を感じることはないわ。時々、ソフィーを連れて明治神宮とか公園には行くけど、それも大したことはないわ」

「そうだろう。だから、一回時間を止めて、じっくり考えたらどうかなと僕自身が思ったんだよ」

「それって、いいアイデアね。ニューヨークでは上手くいったでしょう。そういうのってアメリカ人は好きだし、東洋哲学に憧れているからね」

「おかげで上手くいったよ。それで、別の国でも巡回展をやることになったんだ」

「さすが、ケンだわ」

「でも、僕はそんなに納得していないんだ。たまたまコマーシャリズムに乗っかっているだけだよ。本物とは思っていないんだ」

「それって、どういうこと？」

「一つのブームとして取り上げられているような気がするんだ。まだ、年齢的に若いから人生の深みが足りないと分かっているんだ……」

マーヤはシングルマザーとしての悩みを打ち明け、先々の不安を訴え始めた。こうなると芸術はどこか遠くに行ってしまい、世間話の枠に入ってしまった。それでもマーヤの天性の明るさは消えていなかった。

「ケン、この間仕事で九州の阿蘇に行ったけど、とても素敵なところだったわ」

「ふーん、阿蘇のどこ？」

「長陽村(ちょうよう)よ。広大な牧草地でペンションやホテル、それにゴルフ場もあったわ。そうそう何となくスピリチュアルな場所もあったわ」

「スピリチュアル？」

「そう、スコットランドのフィンドホーンみたいな……」

「フィンドホーン？」

「ケン、知らないの？『ＯＵＴ ＯＦ ＬＩＭＢ』といって、今流行っている本があるから読んでみたら」

マーヤの思いもかけない提案に、僕は内心驚きを隠せなかった。ユートピア構想にはスピリチュアルな精神は必要だと確信していたからだ。今日のマーヤとの出会いは偶然ではなかったことになる。それを僕に教えるために会ったようなものである。マーヤはそれを知らないで喋っている。

「マーヤはスピリチュアルなそういう類のこと、興味があったの？」

「結婚するまでは全然なかったけど、ソフィーを生んでから魂のこととか運命とか、私にはほとんど関係ないと思っていたものが次から次に出てきたの。それで離婚するときもとてもスムーズで、むしろお互いにホッとしたわ。何のわだかまりもなくね。今思えばソフィーを授かるために結婚したようなものよ」

「ソフィーはそれは分かってるの？」

「当然よ。だって、ソフィーの方から生意気にパパと別れなさい、なんて言ったくらいよ」

「ほう、それはすごいね」

「しかも、こう言ったのよ、ママとパパの魂は違い過ぎるって！」

「えっ、それはまるで大人の会話じゃない」

「ある人が言ってたけど五歳までは別の世界を知っているんだって」

「別の世界って？」

「生まれる前の記憶だから、きっと宇宙のことじゃない？」

「うーん。ますます分からなくなってきたな。でも、面白い発想だな」

「ケンは九州出身だったでしょう？」

「そう、熊本だよ。でも、僕は市内に生まれたから、阿蘇のことはよく知らないんだ。小学生の頃遠足で草千里とか噴火口に行ったくらいだ。何しろ、両親が忙しかったから、どこかに行くなんてほとんどなかったな」

「とにかく、阿蘇に行ってみたらいいわ。何か発見があるかもね」

マーヤがソフィーを迎えに行く時間になった。二人は手と手をしっかり握り、そして、ハグして別れた。

久しぶりの出会いは二人を興奮させてしまった。僕は田舎を出てからほとんど帰っていない。外国だけに目を向け、故郷に帰るという意識はなくなっていた。なぜなら、両親はすでに亡くなっていたからだ。遅くして生まれた一人息子の僕に、面倒が掛からないよう全てを処分し、いくばくかのお金を残してくれただけだった。

生前、親には「自分で稼いだお金は全部使ってしまってね。学校さえ出してくれれば十分だ」と言っていたのだ。それを両親はきちんとやってくれたのだ。それも、親が常に自立するよう教育してくれたおかげだ。

「学校出たら、自分一人で生きなきゃ駄目よ」といつも母から言われていた。

父の兄弟はたくさんいたが、それぞれの家庭での揉め事に父は嫌気がさしていた。僕はそういう話を聞いていると大人の社会というのは実に複雑で、仲の良かった人達がいつの間にか仲違いになっていたり不思議でしょうがなかった。お金が絡んでくると最悪である。だから、父も母も質素でシンプルな生活をしていた。

僕はマーヤのおかげで両親と故郷のことを急に思い出させてくれた。そして、ふと思った。久し振りに田舎に帰って墓参りでもしてこようと。そして、故郷でありながら阿蘇のことを知らなさ過ぎていたので、この際ゆっくり見てみようと。僕のユートピアは故郷ではなく、どこか遠くの所、北海道とか外国とか見知らぬ所にあるものと思っていた。また、それを期待していたのだ。それが何と自分の足元にあるかもしれないと。

人と人との巡り会いによって気付かされる。レッドフラワーの丸田さんもそうであった。一回の出会いだけでなく、どこかの節目で会う人が多くなってきた。やはり、人と人との出会いは偶然ではなく必然になってるのかもしれない。今日こそ、それを思い知らされてしまった。

阿蘇

外国や日本での個展が無事終了した。次のステップに向けて阿蘇に行くことにした。

竹馬の友である上野君とはずっと連絡を取り合っていた。彼も駅前からどこか広い所に移る計画を持っていた。そのきっかけを掴めずにいるのだ。何代も続く老舗の旅館を簡単に他所(よそ)に移す訳にはいかない。跡取りとして名実ともに社長になっているが、内心、旅行代理店の無茶な要求に戸惑っている様子だった。部屋数が多いと埋めなくてはいけない。それが大きな要因であった。だから、対外的な要求を受けないで済む、自分の判断だけで運営できる小じんまりした、ゆとりのある旅館を夢見ているのだ。

これは、僕のユートピア構想と似通った部分がある。かといって、いくら仲良くても一緒に仕事をやる気はお互いにない。それぞれの分野で助け合うのがいいのだ。それは上野君もよく分かっていた。しかし、どこか近所でできれば一番いいと思っているのだ。

僕は上野君と一緒に阿蘇を回る計画を立てた。彼も久し振りに会うのを楽しみにしてくれたのだ。温泉旅行は久し振りであった。

上野君はさっそく飛行場に迎えに来てくれた。最初に行ったのは垂玉の旅館である。阿蘇の中でも老舗中の老舗である。山深い秘境だ。狭い山道をグルグル周りながら登って行く。そこの露天風呂の脇には滝があり、その水しぶきを浴びながら湯に浸かるのだ。ここは湯治場として江戸時代から続いているようだ。

お百姓さん達が米の収穫を終えて、骨休みにやって来て、心身ともに休む。これは現代人に最も必要な行為だが、これは叶わぬことである。その夜、畳の上で寝るのは久し振りであった。

翌日、長陽村の老舗ホテルに行く。このホテルは昭和十年頃、国策として外貨獲得目的のために作られた高原ホテルである。焼失する前はスイスシャーレー風の木造りで、堂々たるものであった。僕は幼い頃、父に連れられて来たことがある。そんなとき、外国とはこんな所だろうと勝手に夢見たものである。戦後間もない頃の道路はほとんど砂利道で、砂埃をたてながら車で走っていたものだ。父はこのホテルに愛着を持っていて、暇を見つけては市内から息抜きに来ていたようだ。今は残念なことに、コンクリートの建物に生まれ変わり、近所には団体用の旅館が立ち並んでいた。品格を重視するだけでは営業は成り立たないようだ。このホテルは相当な敷地があるので、テニスコート、プール、散策用のガーデンと素晴らしい施設を兼ね備えている。近くにはゴルフ場もあり、リゾート地として戦前、戦後と生き抜いてきていたのだ。

上野君と僕は夕食をともにしながら、今からのリゾートとは、観光とはどうなっていくのか、そして、行き着く先の安らぎはどうやって得るのかと延々話し続けたのだ。外国の物まねから始まったリゾートは形ばかりで内容がない。団体客が多くなり、増築、増築していけば必ずどこかで限界がやってくる。その見極めはとても難しい。世の中の流れを素早く察知する必要がある。

「上野君、僕らが大学で習っていた観光っていったい何だったんだろうね？」

「今思えば現実を忘れさせる夢物語を作ってあげることだったかな」

「なるほど、日常生活にない夢だね」

「だって、旅する前は行ったことのない世界だから夢が膨らんでいて、準備する日からワクワクするだろう」

「事前の勉強も楽しいし、人を前向きにさせてくれるのは間違いない」

「でも、行って良かったばっかりではないからね」

「そうなんだ。こんな所なら来なきゃ良かった、もあるしね」

「期待していた以上に良かった、というのが一番嬉しいね」

「そこなんだ。旅館やってて思うのは、最終的には人なんだ。親切にしてもらったというのはいい思い出になる。丁寧に扱ってもらった、これが通常と違うありがたさだよ」

「ということは、人は日常的に大事に扱われてないということだな」

「そう、旅するってことは非日常を体験したいんだ。人にもよるけど、それぞれの日常は違う。過酷な冒険をしたい人もいれば、夢のようなゴージャスな旅行を求めている人もいる。だから、様々な旅のオプションがいる。今はグループとか団体の旅が多いけどそのうち一人旅を求める時代がくるかもしれないな……」

僕は一人旅という上野君の言葉に惹かれた。上野君の言葉はさらに深くなってきた。

「人間対人間でお互いにサービスを求めている。だから、旅する人、それを受け入れる人が尊重しあいながら共鳴する必要があるんだ」

「いや、いい言葉だ。共鳴するということはサービスする方もやってもらう方も上下の差がないということだね」

「そう、サービスする側が卑下したり、謙虚になり過ぎる必要はない。常にイコールでありたい」

「僕は時々いいホテルに泊まるとき、不快な客を見かけることがあるんだよ。例えば、これだけの高い料金を払っているのだから、もっとサービスをよくしろという命令的なわがままだよ……」

「それはときどきある。逆に値段が安いからサービスが悪くてもしようがないという割り切り方だ。値段が高いと、それに比例して要求も高くなる」

「そういう人を満足させるにはどうしたらいいのかな?」

「ホテルや旅館で高く取ろうと思うなら、極端にいえば二つしかないな。ゴージャスな部屋の広さと料理の美味しさかな」

「そういえば広さと美味しさは重要だな」

「でも最近の流行りは有名シェフが作ったホテル兼レストランのオーベルジュだな。豪華な食事の後、帰る必要がない。たっぷり食べてワインを飲んで、後は部屋に戻るだけだからね」

「しかし、それにしてもサービス業というのは幅広いし、奥も深いね。上野君はそれを代々やり続けているから人間観察が鋭くなっているんじゃない」

「いや、そんなことないよ。一種の慣れだよ」

「でも、僕らはそういう一般的なサービスビジネスから離れた何かを求めているんだよね」

「そうなんだ。単純にいえば、客も受け入れる側もお互いにハッピーになる。そういう心の通った交流の場みたいなものだな」

僕と上野君は部屋に戻ってまで会話を続けた。結論らしきものはまだ見い出せなかった。決定的な何かが必要なのに、それは何なのか分からないのだ。僕の描くユートピアはどこにあるのだろうか。迷路に入ったような気分になった。

翌日、マーヤの体験したスピリチュアルな場所を探すことにした。上野君はホテルに残り小説でも読むという。僕を一人にさせたい配慮であることはすぐに分かった。

ホテルからカルデラが見え、その合い間から大きく熊本市内が見える。神が蹴ってできたという伝説がある。もともと、カルデラの中に湖があったらしい。地震でカルデラの一部が崩れそこから水が放出され今の形になったらしい。僕はカルデラの広さほどのとてつもない大きな山が聳えていて、それが陥没してこのカルデラができたと思っていた。実はそんな山はなく、有史以来地震の度に崩れていったらしいのだ。

僕はホテルからどんどん下っていって広々とした高原に行き着いた。牛達が放牧されていてとても長閑(のどか)だ。まるでカナダのロッキーマウンテンか、ヨセミテか、湖水地方の風景かと見間違うほどであった。これだけ美しい草原は見たことがなかった。放牧された牛達が逃げ出さないように鉄条網が施してある。一か所だけ潜れる所を見つけ、牧草地に入った。僕よりも背の高い茅の中をどんどん歩き始めた。珍しい花がたくさん咲いている。牛の歩いた跡に小道ができている。それを辿っていくと小高い丘に出たのだ。そこから見えたのは、予想もしなかったキラキラ光る有明海の海と島原の普賢岳であった。

阿蘇の麓から海が見えるなんて想像したこともなかった。何か目に見えぬ神がかりのような所に舞い降りた気分になった。まさに、神が蹴ったカルデラから抜けた大パノラマであった。東側は森になり、その中に入ると下は沢になっていて水の音がする。おそらく野生の動物達がたくさん生息しているに違いない。

マーヤの言っていたスピリチュアルな場所はきっとここのことだと確信した。

後で地形的に分かったのは、ここから東側に登って行くと米塚を通りすぎ草千里に行き噴火口のある中岳に通じるのだ。まさにここはゴールデンルートのスタート地点でもあったのだ。

翌日、僕は有明海を直接見たくなったので、天草に行くことにした。そして、夕方とんでもないことが起こった。天草からの帰る途中、いきなり黒い雨が降ってきたのだ。慌ててワイパーを動かすが汚れたままである。空は暗く、街の中も他の自動車も全て真っ黒である。

一体何が起こったのか分からない。世紀末に起こるノストラダムスの本が取り沙汰されていた頃だったので、ますます不気味さと恐怖が重なってきたのだ。急いでラジオを付ける。アナウンサーが上擦った声で臨時速報のニュースを知らせていた。島原の普賢岳が大噴火し溶岩が大量に流れ出し、たくさんの人達が避難していると言う。昨日、阿蘇から普賢岳を眺めたばかりだったのに、それが突然大爆発するとは！

それからの日々は火山灰で熊本は覆われることになった。

すぐさま僕は東京に帰り、いろいろなことを反芻した。自然災害は人間にとって不可抗力である。静まるのを待つしかない。日本のあちこちで水害、台風、地震も起こっている。火山の噴火もそのうちの一つである。自然とともに生きていくということは常に災害に遭遇するのを知ったうえで生きていくことになるのだ。

僕はそれ以来阿蘇に行く機会がなくなり、ユートピア構想も消えかかった。

そして、さらに東京ではオカルト集団の事件が起こった。当日はいつも使う日比谷線ではなく、別の地下鉄に乗っていた。駅の途中で車両が止まり、いつまで経っても動かないので困り果てていた。やっと駅に着いたとき、テレビのニュースで事件を知ったのだ。一九九〇年代はバブルが終わり世紀末に向けて不気味な様相がもろに出始めた。世界中が混沌とした時代にまたもや入ってしまった。

バブル景気の余波

僕の仕事も不安定になり始めた。東京のデパートは軒並み美術展の催事、いわゆる文化催事がなくなってきた。デパートが有する美術館のフロアーも単なる催事場になって、物を売るだけだ。文化で人を呼べなくなった。余裕のない社会現象が始まった。この間まで隆盛だった企業が倒産し始め、知人の社長達もあっという間もなくいなくなった。継続していたはずの仕事は、担当部署そのものが解散させられた。デパートや広告代理店の専属カメラマンたちも渋々独立せざるを得なくなってきた。今まで仕事が山積みされ、断っていたのに、その仕事を逆に探し求めなくてはいけなくなったのだ。こうなると､営業のできる人は別として、そうでない職人気質の人は仕事に溢れる始末だ。

クライアントとしてフランスの食品を扱っていた傍系会社の社長金子さんは僕の憧れの人だった。

「松本君、毎月ヨーロッパ出張で毎日時差ボケだよ、早くこんな仕事止めたいよ」

それから、こんなことも言っていた。

「俺はね、世界のどこにいても仕事ができる自信はあるな」

撮影の合い間にそういう言葉を投げかけて元気付けてくれていた。

実際、金子さんの発想はとても柔軟であった。

「ヨーロッパはそのうち統合されて、ローマ帝国と同じようにどの国とも自由貿易になり、行き来も楽になる。通貨だってそのうち三つになってしまうよ」

僕はベルリンの壁が壊れたとき、後百年はそのまま続くのではと思っていた。ところが世の中のスピードは加速が付いてしまった。金子さんはビジネスを通してヨーロッパをずっと見続けているうちに、このままでは日本はアメリカとか中国から見放され、弱体化していくだろうと本能的に感じていたらしい。

そして、金子さんは西洋的考えから自分の会社を高値のうちに丸ごと売って、自由の切符を手に入れた。金子さんは常々こういうことも言っていたのだ。

「西洋で成功した人は年齢に関係なく、経済的基盤ができたら、さっさと自由人になって好きなことをして余生を過ごすんだ」

この言葉にはさすがの僕も驚いた。人は一生仕事をやり続けていくものと思い込んでいた。ニューヨークではお金の価値観の違いを考えさせられたが、今度は人生に対する価値観、もしくは、文化的発想の違いに戸惑わされている。そして、日本的発想が果たして今後二十一世紀に通用していくのだろうかと危惧するばかりであった。終身雇用を美徳として繁栄してきた常識が実力主義に耐えられるのだろうか……。ドイツの東西統合も流動的である。東ドイツの人達は自由になったと同時に自分の力で生きていかなくてはいけない。分配されることに甘んじてきた人が果たして競争できるだろうか。自由というものは責任と義務が生じる。天から何も降ってこない。格差は広がるし、社会問題になってくる。中近東では湾岸戦争も起こり、ますます地球上で局地戦が始まってきた。

僕は一九六〇年代に英国の学者トインビーが予見していたことを思い出した。「二十一世紀は中国の時代がくる」と。当時、あの貧しい国がそうなるとは、到底信じがたいことであった。カオスという混沌とした時代が混乱になるまで時間はかからなくなった。人々は何を信用していいのか分からぬ、将来の見えない靄のかかった時代になったのだ。

ニューヨークの建築家

二十一世紀を世界中は歓喜を持って受け入れた。それも束の間、二〇〇一年にニューヨークの世界貿易センタービルがテロで攻撃を受けた。僕は夜のニュースを見ている最中に、映画が急に始まったのかと勘違いした。それは想像を絶するシーンであった。ライブの映像で人々が逃げ惑う。ビルに飛行機が激突する映像が何度も繰り返される。人々は皆、立ち竦み凍り付いてしまった。その日を境に社会の秩序は壊されてしまった。宗教、教育、経済、人種、格差等々の積もり積もった問題が一気に炙り出された。世界は一変してしまった。

テロ事件から半年後の一月に取材のためニューヨークを訪れた。空港から直接更地になった現場に行きカメラを向けた。とてつもなく寒い日で耳がちぎれそうであった。その寒さに耐えられず､近くの帽子屋で耳あての付いた帽子を買った。現場に戻り改めて撮影し始めた。あれだけ大きくて、威圧されていたビルが跡形もなく、単なる更地になっていたことが信じられなかった。そして、埃の匂いが未だ充満していた。たくさんの人がじっと目を凝らしてビルの跡地を見詰めている姿は、悲しみの一言であった。僕はシャッターを押す気力もなくなっていた。若かりし頃の自分を思い出した。無邪気にビルの前に立ってあまりの大きさに驚いていた自分を……。

その巨大なビルがもうないのだ。そのビルの生命の短さが信じられなかった。アメリカのシンボルタワーを破壊する。それを考え、実行するとは……。

僕は寒さをこらえ陽が暮れるまで撮り続けた。

翌日、ニューヨーク在住の高名な老建築家ポールたちと夕食をともにすることになった。ポールは開口一番にこう切り出した。

「アメリカは戦争を始めると言っている。私はアメリカ人なので意見を差し控えたい。しかし、あなた方にぜひ聞きたいのだ。戦争をすべきかどうかを、いかがですか？」

一緒に参加していたジャーナリストの友田はすぐに反応した。

「私はできれば戦争反対です。アメリカはベトナム戦争で懲り懲りしたはずです。もしも始めればベトナム戦争以上に泥沼化するのは間違いないでしょう」

ポールはその意見を聞いて、ますます複雑な心境になったようだった。

僕はポールに質問した。

「ポールさん、ＴＷＩＮ ＴＯＷＥＲの後にまたビルが建てられるんでしょうか？」

「そうですね。たぶん、アメリカのことですから間違いなく建てるでしょう」

「そのとき、ポールさんに依頼があれば設計なさいますか？」

「いや、それは絶対にない。若い人達に任せるべきでしょう」

重苦しい夕食会であったが、それに花を添えてくれたのはレストランで働いているシェフやウエイター達であった。彼らは上客であるポールが大好きなのだ。次から次にデザートが運ばれてくる。それはすべて彼らがポールのためにプレゼントしているのだ。ニューヨークで愛され続けているポールはそのときだけ上機嫌になって、一人ひとりに握手してお礼を言っていた。その姿は幾度となく戦った老将軍の威厳ある態度のようであった。

僕は一週間滞在するつもりでいたが、誰にも連絡せず三日間で帰国の途についた。そして心の中で言い聞かせた。

「ニューヨークよさようなら、これで僕の青春は終わった」

何十回となく通ったニューヨーク。端から端まで歩き回ったマンハッタン。飛行機の中では焦燥感だけが残り、今までの僕の五十年は一体何だったのだろう、これから何を目標にして生きていけばいいのか分からなくなった。一夜にして世の中は変わるのだ。浮き沈みの激しい時代にもなった。一九六〇年代から一九七〇年代まではいろいろなことが起こった。としても、まだ夢や希望は持つことができた。普通の幸福な家庭を築くことは一般的であった。ところが、ハイテクのコンピューター、パソコン、携帯電話の出現は次元を変えてしまった。そして、それはますます止まらない。技術の進歩は目覚ましいのに、人間の心は付いていけなくなっている。一見、ハイテクに慣れ親しんでいるように見えても、かけ離れた心の葛藤は修復できないままに生きている。

マーヤが若い頃言っていたように、結婚そのものもあやふやで誰もができる時代ではなくなったのだ。どこに心の拠り所を持てばいいのか、それを探るべき手段も分からない。人は大海原に浮かぶ小舟になって浮遊し、波止場が見えなくなってきた。港から港に行く手立ても分からない。自分の人生をリセットできる何かがほしいのだ。人と人との繋がりも経済的な理由だけである。お金だけを目標にした人はそれに邁進するばかりだ。ほとんどの場合、人は生真面目に、会社から言われるがままに働くしかない。

さらに、輪をかけるようにどこの国もテロの対策に力を入れ、ますます人間不信を増長させることになった。

ニューヨークを拠点としていた、アーティストやミュージシャンの友人たちは皆、別の地に移動してしまった。そういう転居の手紙が毎日舞込んできた。将来有望だったアニメーション作家も田舎に移り住み、ファーマーに転身してしまった。ニューヨークの出来事は一人ひとりにとてつもない衝撃を与え、人生観を変えてしまったのだ。
僕もその中の一人になったのは間違いない。

長陽村の丘

僕は一度しぼんだユートピアを心に描くことにした。心の安定を得るために今度こそ実現したいと心の底から思うようになった。

いつしか五十歳を超える年になっていた。もう余裕はない。生命の期限は有限である。砂時計の砂は少なくなってきている。時間が経てば経つほど、一粒一粒の砂が見えてくるようになる。もう待てない。実行するしかないのだ。それからというもの、日本全国の美しいと言われるスポットを見て回った。北海道から宮古島まで足を延ばした。もっと見たいという欲望がどんどん消えていくことに気付き始めた。なぜなら、どこに行っても自分のいる場所ではないと思うようになったからだ。どこに行っても旅人のままなのだ。そして、分かったのは、生まれ育った故郷ほどホッとするものはない。それに気付くために走り回ったようなものである。それは、二十代の頃世界を見て回って自分探しをしていたのと同じことであった。そのときは、生きていくべき仕事を見つけ出すのに躍起になっていたが、今度こそ真に生きる目的が必要なのだ。

僕はついにやるべきことと場所を選定した。阿蘇である。啓示を受けたあの場所である。小高い丘から見下ろした有明海、普賢岳。天と地を二分する大パノラマを眺望できる長陽の丘であった。

僕は当たって砕けろの気持ちで長陽役場に行き、村長さんに面会を求めた。東京の写真家が来たということで気楽に会ってくれることになった。

「初めまして、私、松本健です。東京で写真家として仕事をしています。生まれ故郷は熊本市です」

「そうですか吉沢です。それで、何のご用でしょうか？」

吉沢村長は笑顔の絶えない好々爺に見えた。

「実は、長陽の丘が非常に気に入っています。あそこはリゾート開発される予定とお聞きしましたが、現在どうなっているのでしょうか？」

「あの場所は確かにいくつか話はありますが、実行の予定はありません。ご承知のようにあの有名だった湯ノ谷観光ホテルは営業を止め、旅館も廃業しました。あそこら辺は地盤沈下しています」

以前、上野君と泊まった老舗のホテルはすでに廃業し、売りに出されていた。これを東京で聞いたときはショックであった。

「次の計画はあるのでしょうか？」

「ないですね。松本さんこそ何か計画でもあるでしょうか？」

「計画というほどのことはありませんが、一つの構想は持っています」

「ほう、それはどんな構想ですか？」

「今の世の中は騒々しく、忙しく、コンピューターに追われた慌ただしい社会です。子供達を遊ばせるためには大きな遊園地に行って、かなりの出費をさせられ、物で遊ばされています。そこで、自然の中で心を休ませることができればと思いました」

「で、具体的にどういうことができるんですか？」

「つまり、心をリセットしてもう一度社会復帰させる、エネルギーを蓄える場にしたいのです」

「それは実に大きい話ですね。しかし、私には理解できませんが……」

「実は、計画図案を持ってきていますので、見ていただけませんか？」

「そうですか。残念ながら今日は今から議会が始まりますので次の機会にしましょう」

長陽村の丘

「結構です。いきなりやって来て、ここまでの話ができるとは思いませんでした。興味を持っていただけただけでも幸いでした」

僕は無理して、計画書を見せなくてよかった。イメージだけの話だけで終わったのは次のチャンスがあると考えたからだ。吉沢村長の目には優しさが溢れていた。

それから半年後に吉沢村長が青山のスタジオに来てくれることになった。会うや否、お互いに前向きのいい話になりそうな予感がした。

「この間は失礼しました。突然役場まで押しかけまして……」

「ちっとも構いませんよ。あのときは議会やなんやかで、ゆっくり話ができなくて、申し訳ありませんでした。あの後、松本さんが素晴らしい写真家だということが分かりました。むしろ職員から早く会って話を聞いた方がいいと言われたんですよ」

「それは恐縮です」

「それで、松本さんの計画をぜひ聞きたくて伺ったのです」

「分かりました。すぐに計画書をお見せします」

吉沢村長は計画書を見て開口一番に切り出した。

「どのくらいの敷地がいるんですか？」

「広ければ広いほどいいです。自然をほとんど残す案ですので」

「松本さんは自然との共生をしたいんですね」

「そうです。自然のままだと乱雑で統一されてません。草原の美しさはそのままでいいのです。しかし、その中に人の手をちょっと入れてあげるだけで、絵のような風景ができると思います」

「私はそういうような美意識に欠けているから、まだ分かりませんが……」

「例えば、この写真ですね。これはあるがままの草原の風景です。単なる丘ですね。この写真はどうでしょう。この草原の中に一本の小道があります。そして、丘の上に大きな木が一本立っています。その横にはベンチがあります。前の写真と比べていかがでしょうか？」

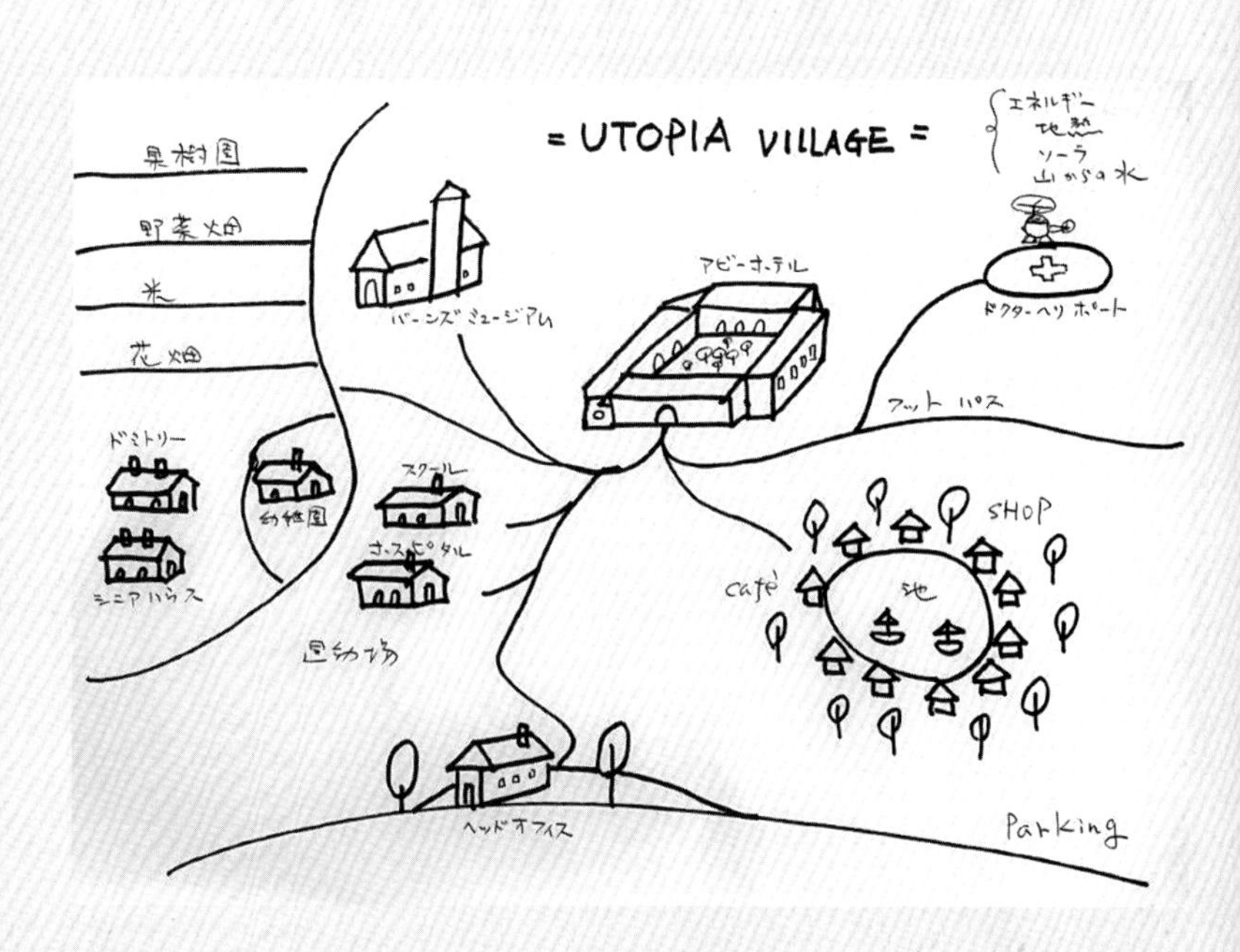

「すごく分かります。後者の方が私でも美しいと思いますね」

「そこです！　古沢さん『美しい』という心を見せたいのです！」

「私の生まれ育った村がこんなにも美しいとは思わなかった。何十年も見慣れているから感動が起こらないんだな」

「そうだと思います。感動する心が生まれたらすごいことになります」

「松本さんの計画は最小限の建物を立て、草原や風景を見せるんですね」

「そうです。と言っても広大な敷地を管理するにはギャラリーやカフェや稼ぐべき何かが必要です。それと、理想的な誰もが働きたくなるお店やホテルも必要でしょう」

「ホテル？　どんなホテルですか？」

「それはアビーホテルといって、イタリアにある修道院のようなホテルです」

「修道院？」

「宗教色はありません。修道院風といっていいでしょう。一階平屋です。真ん中にパティオ、中庭ですね。そこに、ハーブをたくさん植えるんです。そして、それを取り囲んだ部屋がホテルの一室一室になります。部屋の中はシャワーがあるだけで広くはありません。ベッドと机と椅子、それにクローゼットだけです。テレビも電話も電化製品は一切ありません」

「そんなシンプルなのでいいんですか？」

「それが、今の世の中に一番必要なことです。物に溢れてしまっている時代だからこそシンプルにしてしまうのです。一泊の料金は安くします。そして、できれば一年先まで予約でいっぱいというくらいの経営です」

「ほう、それは頼もしいですね」

「まだまだあります。ホテルの周りに果樹園や野菜園、つまり、畑を作るのです。客も自分たちで作業を手伝い、皆で調理をして食べるのです。当然スタッフはいますが、それは手伝うだけです。客が自主的に何でもやるのです。極端にいえば庭の手入れから掃除までさせるのです」

「客が自分でご飯を作り、掃除までして帰る、そんなことってあり得ますかね。皆、サービスをしてもらうためにホテルやリゾートに行くんでしょう」

「全く、そのとおりです。しかし、僕の計画は皆のホテルという意識です。お互いの共同生活をするための仕掛けです」

「そんな無茶苦茶な計画で人は来るんでしょうかね。最初の風景を美しくするという計画は大賛成ですが、ホテルとなるとどうも違うような気がしますね……」

「一つの例を言いますと、僕が若い頃アッシジというイタリアの田舎に行き、そこにある修道院、これは本物の修道院ですが、そこに泊まりました。そのとき、心の底から思ったのです。何もない世界の良さを。それは、至福の一日でした。だから、僕はそれを体験しているので、いい加減ではありません。そこには世界中の一般客が泊まりに来ていてとても幸福そうでした。夕食時など初めての人達としっかり語り合っていたのです」

「そうですか、何となく分かったような分からない気分ですが……。他にも、計画はあるんですか?」

「あります。小さな美術館とホールです。それに図書館です」

「次から次に出てくるんですね」

「知の館です。人は生きて行くためには知性が重要です。つまり、創造する力を身につけるにはそれを引き出してくれる本や言葉や音楽が必要です。自分に自信を持たせるためのツールです」

「展示とかの作品はどうするんですか?」

「創造した人達が責任持って展示会を催せばいいのです。その人達が自分の知り合いを見に来させるでしょう。今までの美術館は有名な作家の作品を展示し、カタログを作り、入場料を取る。これが一般的です。しかし、これからは誰もがアーティストになれるのです。だから、運営的には催事料、つまり、一週間分の賃料を頂くだけです。自分達が勝手に作品や商品を販売すればいいのです。そして、借りた人は次の人のためにきちんと掃除をして帰るという流れです」

「なるほど、常に自主性を持たせるのですね」

「そうです。サービスを受けるだけでなく、逆にサービスをさせるのです。そうすれば、施設を大事に扱うと思うんです。お金を払ったから使いっ放しというのは大間違いです」

「サービスに上下なしということですな。そして、このフットパスというのは一体何でしょうか？」

「これはイギリスでは当たり前になっている原野や草原を歩いて回れる小道です。どの土地にも所有者がいますし、牛や馬も放牧されています。そんなところを何キロも自由に歩ける道のことです。ですから、牛や馬や羊がいる所には柵がありますから、そこを通る人は必ず柵をきちんと閉めたり、開けたりしてルールを守るんです。そうしないと所有者に迷惑をかけることになります。だから、フットパスを使用する人には徹底的にそのルールを守らせるのです」

「それは素晴らしい。これならお金もかからないし、健康にもいいですね」

「ですから、ルートとしてはこの長陽の丘から目の前にある丘を登り、そこから米塚まで歩いていく『天空の道』、それから、湯ノ谷観光ホテルがあったところから草千里まで歩く『火口の道』です。この二つのルートは素晴らしいフットパスになると思います」

「ホテルから草千里まで歩くルートは昔からあったけど、それはいいとして、米塚に行くルートはきちんと作る必要がありますね。管轄が阿蘇市とかに分かれていますから」

「そうですか。そういう僕たちには分からないことをいろいろ教えていただきたいのです」

「松本さん、それにしても面白い計画だ。これはいつから考えたのですか」

「いつ考えたというより、世界を回り、日本を回っていくうちに段々と見えてきたのです。さらに、今の世の中は混乱期になっていますが、普遍的で変わらないものは一体なんだろうと追及していったのです」

僕は吉沢村長が真剣になってきているのを感じ始め、一呼吸おいて話し出した。

「阿蘇は千年に渡って草原を美しく保ってきました。野焼きという一番原始的な方法で。そこが、よその県にはない魅力ある風景を作っているのです。世界一のカルデラをもっと世に問うべきだと思います。僕はグランドキャニオン、ロッキーマウンテン、コロラドとか物すごい絶景を見ましたが、それらは人間の想像を超えた、とんでもない大自然の世界です。人々はそれにひれ伏すしかないでしょう。しかし、阿蘇は違います。人を受け入れてくれるヒューマンスケールの自然です。つまり、自然と人が共生できるのです」

「私たちは阿蘇で生まれ育っているから、この風景は当たり前なんですよ。良さが分からないというか、しかし、こういうふうに考えてくれているとは……。そういうのを実現するかどうかはともかくありがたい話だ」

「もっと言えば新しい村づくりをしてもいいと思うんです」

「うーん。新しい村とは？」

「それは、若者たちが集まってくるようなお店の集合体を作るんです。カフェとかレストランとかブティックとか家具屋とか、職人さんたちが集まって技術を見せ、その作品を売って生活できるようにしてあげたい。当然、そこで家族ができれば村に人口も増えます」

「おー、それもよろしいですね。人口と雇用が増えるのが一番いい。田舎のネックはそれなのです。どんなにいい人材がいても、仕事がなければ皆、都会に行ってしまう。農業だけでは生活できません。村の人達はここで生まれ育ち、ずっと生活してきています。共同体の人達です。だから、新しいことに慣れていません。理解を得るためにはお互いの話し合いが、時間がかかっても必要ですね」

「それは僕も当然だと認識しています」

「それにしても、広大な構想ですな！　この計画を議会に掛け、村民を納得させる必要がありますね」

「ぜひ、お願いします！」

長陽村の丘

「分かりました。時間はかかるでしょうが、わたしが村長をやっている間に実現したいものです」

僕は吉沢さんが帰った後、とうとうその時期がやってきたと実感した。お互いに本気だということが分かってきたのだ。すぐに実現できる計画ではない。いくら土地を提供してもらっても設備を作る資金がいる。当然銀行から借りないと実現できない。担保は何もない。あるのは夢とやる気だけだ。

友人達にもこの話はしていない。上野君も大まかに分かっているだけで、詳細に話していない。しかし、彼の力だけはぜひ借りたいと思っている。

それと、マーヤの前向きな精神力が必要だ。僕一人だけでは計画倒れになってしまう。だが、今日分かったのは吉沢さんそのものである。信頼できる人とやっと巡り会えた。

そんな人がこの世に存在するとは夢にも思わなかった。人と人との出会いは偶然ではないのだ。会うべき人と会うようになっている。このことを知らされた日であった。

現実に向けての助走

僕はいよいよ現実に向けて走り出した。まず、一番に相談したのはニューヨークのエージェント、ジムであった。彼は資金面での相談は突拍子もないことを言い出した。世界中から投資家を募れと言うのだ。それを自分がやってもいいと。ただし、資金が集まり過ぎるのも問題だと。いろんなチョイスのアドバイスを何通りも教えてくれたが、結局、膨大な資金は必要ないので、現地の銀行で十分ということになった。それで、ジムにはギャラリーの写真展を手伝ってくれとお願いしたら、あまりにも小さいお願いなので苦笑いするばかりであった。

次に、イタリアのホテルのオーナー、マルコに連絡を入れたら、全てのアイデアを提供すると快諾を得た。アビーホテルのパティオに植えるハーブの種類とか、ホテルの運営に対しての善し悪しだ。日本の消防法は厳格で設備にとても経費がかかるので、客が何時でも安全に逃げられるように一階平屋にすべきだと。ホテルというのはいつ何が起こってもおかしくない。それを常に考えて営業すべきだと、懇切丁寧に教えてくれるのだ。また、お客様名簿は必ず間違いなく取るように念を押した。つまり、病気が発生したときに伝染しないよう出所を明確にしておくルールがあるのだ。知っているようで知らないことを知る。人を預かることの責任は大きいということなのだ。

フットパスに関しては湖水地方のホテルのオーナー、リチャードと連絡を取った。ホテルの運営に関してもマルコと同じ意見が多かったが、マルコのような街の中のホテルと違い、田舎のホテルは人と人との触れ合いがとても大事で、それがリピーターに繋がってくる。だから、ファミリー的雰囲気を必ず持ち、挨拶を欠かさないようにしなさい。リチャードは自分の息子のようにアドバイスしてくれるのだ。そして、オープンしたら必ず遊びにくると約束してくれた。

建物に関しては、建築家のポールがラフ案を送ってきた。建物の配置や動線を考え、周りの環境をとても大事にしていた。その間に、吉沢村長から三万坪の敷地でどうですかという提案があり地形図まで送ってきた。僕は周りに川や池、つまり水気がないといったら、タイミングよく近くに大きな池を作るというのだ。それは、村民達の願いであった調整池である。その場所は昔から計画されていたが、今回の案件が実行されれば、その工事はいつでも始められると。吉沢村長の本気度がますますいい意味でのプレッシャーをかけてきたのだ。それに応えるべき準備を着々とやり始めた。広報として、ジャーナリストの友田にこの計画の話をしたら大いに乗ってくれた。全てが上手くいくかのように見えた。ところが、とんでもないどんでん返しが起こった。熊本の町田銀行は日本橋に支店がある。そこの浅田次長とは阿蘇の計画について何度も話し合い、いい手ごたえを持っていたので安心しきっていたのだ。

いつものように浅田次長から電話がかかってきたが、いつもの口調とは違っていた。

「松本さん、至急銀行に来てくれませんか」

「一体何事ですか？」

僕は青山から日本橋まで急いで駆け付けた。浅田次長は一番奥の個室に招き入れた。

「松本さん、申し訳ないですが当行では融資できません」

この言葉を聞いて、体中が一瞬凍り付いた。そして、今度は急に汗が噴き出した。

「何ということですか！　ついこの間まで和気あいあいに夢を語って、実現しましょうと言っていたでしょう！」

「分かってます……。ところが、新任の支店長が松本さんの事業計画は甘過ぎると言い出し、ついには本部も、認められないという判断をしてしまったのです」

「事業計画書が甘過ぎるといっても、村が応援してくれているんですよ！」

「支店長が言うには、松本さんの計画の場所はリスクが大き過ぎる。老舗の観光ホテルも近くの休暇村も廃業したし、将来性が見込めない。あの単なる草原には何の価値もないと言い張るのです」

「それでは、打開策はあるのですか？」

「敢えていえば、規模を縮小して黒川温泉か湯布院でやるならば可能性がない訳ではないと」

「それはあんまりですね。僕は単なるビジネスをしたい訳ではないのです。そのロマンを何度も浅田さんに話し、きっちり説明したんでしょう」

「ええ、分かっていますが、松本さんの今までの実績に傷を付けたくないんです。松本さんの計画は個人レベルでやれるものではありません」

僕は何度も食い下がり、支店長に会わせてくれと懇願した。

「支店長は今大阪出張でいつ帰ってくるか分かりません。今後のスケジュールも把握していません」と浅田次長は逃げの態勢に入った。

既に支店長から絶対阻止の命令が出ているのだ。これを覆す気力は僕には残っていなかった。

僕は納得しないまま銀行を出て、銀座方面に歩き出した。それから、何時間も彷徨(さまよ)いながら歩き続けた。街行く人のお喋りや笑顔が現実ではなく、映画のシーンのように通り過ぎていくのだ。一体これからどうなるのだ、すでに資材は発注してある。図面もでき上がっている。工事を始める日を指定するだけであった。頭の中で次の策が思い浮かばないまま青山の事務所に帰り着いた。

翌朝早く吉沢村長に電話を入れ、全てを打ち明けた。彼は「別の銀行に当たりましょう。私もご一緒しますから」と優しく答えてくれた。

僕は数日後、熊本に帰り新たな銀行に事業計画書を持って吉沢村長の知人である幹部に会いに行った。その間、穏やかな話し合いが支店長を交えて続いた。そして、「一週間後にご返事致します」と言われた。吉沢村長もご満悦であった。

しかし、上手く事は運ばなかった。世の中は貸し渋りの時代に入っていたのだ。余程のことがない限り、新規の融資は受け付けないのだ。その真っただ中に入ってしまっていた。予想したように銀行から丁寧な断りの電話がかかってきた。

「当行は事業計画書を精査、熟慮しましたが融資はできかねます」

万事休すである。それでも、何とか手立てがないものかと思案しているとき、地獄耳のマーヤから電話がかかってきた。

「ケン、大丈夫？　話は聞いているわよ。大変らしいね」

「いやはや全く予想外の展開になってしまったよ。どうしたらいいものか壁にぶつかってしまった……」

「ケン、大丈夫よ。何とかなるわよ。助けになるかどうかわからないけど福岡の銀行の田中さんに会ってみない？　私一度だけ仕事でご一緒したことがあるの。かなりのサムライよ」

「サムライ？　どういうこと……」

「いいと思ったことには上司の言うことも聞かずに突っ走る猛烈な男よ。ケンと相性が合うはずよ」

「それはありがたい。すぐにでも会いたいね」

「では、彼に電話しておくから福岡にすぐ行ってね」

僕は藁にも縋る思いで福岡の銀行に飛んで行った。行内に入ると田中課長ら三人が待ち受けていた。予め、マーヤからの説明を聞いていたのか話は早かった。田中課長は事業計画書もろくに見ずに話を切り出した。

「松本さん、あなたの計画の詳細は分かりませんけど、マーヤさんから聞いた話によると、今からの世の中に必要なことですよ。何で地元の銀行は文化事業の大切さが分かっていないのでしょうかね。私は義憤すら覚えますよ」

僕はこの言葉に手応えを得た。数日もしないうちに「全額融資します」と快諾の返事がきた。奇跡が起こったのだ。

それにしてもマーヤはどんな魔術をかけたのだろうか。不思議で仕方がなかった。

着工

いよいよアビーホテルとバーンズ・ミュージアムの同時着工である。冬の間は土が凍り付くので、四月から工事を始めることにした。

ホテルは中庭のある修道院風、もしくはアーミッシュ的なデザインになった。本来ならば石造りが理想だが、温かみを持たせるために全て木造りにしたのだ。さらに、夏の暑さ対策より、冬の寒さの方が重要視された。そして隣室の音が聞こえない防音である。静けさが目的であるから一番大事な要求であった。部屋はすべてシングルルームである。一人の時間を大切にしたい人だけに来てもらいたい。部屋はシャワーだけで後は机と椅子とベッド、そしてクローゼット。電化製品は電燈のみ。

余分なサービスは一切なしである。タオルとバスタオルはフカフカの良質なもの。シャンプー等は買ってもらうことにする。なるべく無駄は省きたい。宿泊料がリーズナブルだけに、細々としたものは部屋に入る前にショップで揃えて、それを買うことを楽しみにしてもらう。

シャワーだけで物足りない人はハーブのミストルーム、オイルマッサージなどを予約できる。食事はすべてオーガニックのものでカフェテリア方式である。誰かと一緒に食事してもいいし、一人でも大丈夫だ。周りを気にしないでいいようにスタッフが常に気を配ることにしている。だから、工事と同時にスタッフの研修がとても重要な日々になった。ホテルの経験者より素人の方が客になったつもりで一生懸命考える。アイデアも出てくる。階級なしで全員が支配人になるノウハウを持つのだ。

バーンズ・ミュージアムの建物は大きな納屋である。円筒形のサイロが付帯している。広い空間を持てるので絵画展、写真展、現代アート展、ショールーム、展示場、さらに公演会場にもなる。いろんな催事をすることで年間の集客が期待できる。

僕はマーヤに頼りきりになってきた。人事の問題から、銀行とのやり取り、業者との打ち合わせなど何でも相談した。彼女の人脈と人を采配する能力は一体どこで身につけたのか常に的確であった。イタリアからはマルコもやって来て、スタッフの研修を手伝っていた。そこにはいつも笑い声が絶えない。マルコ独特のジョークがスタッフの心を掴んでいた。

心を真から癒す場所になるにはシンプルであるのが大事だ。自然のままでは荒々しい風景を、ちょっと人の手を入れることで優しさに変えることもできる。どこから見ても美しいという心を持ってもらいたい。そのために何度も広大な草原、丘を見て回り、頭の中でシミュレーションを重ねた。木を植える場所や木の種類の選定は特に神経を尖らせた。なぜなら、木は大きくなる。十年後二十年後の大きさを予想しなければいけない。何でも作ったときが一番美しい状態としてもてはやされる。だからこそ古くなればなるほど、味の出る奥ゆかしい建物と風景にしたかったのだ。

ユートピア計画は五年、十年スパンで作っていくことにした。一度に作ってしまうには楽しみがなくなるし、莫大な費用もかかってしまう。それと大事なのは、世の中の流れとともに人の心も変わっていく。いくら普遍的なものをベースにしていても、それが独りよがりにならないよう用心しなくてはいけない。老舗になればなるほど、融通が利かなくなってしまう。常に新しい考えに変えていく必要がある。鎌倉ミュージアムの木下さんは「何をやるにしても、継続する力が大切だ」と言っていた。僕は久しぶりに木下さんに途中経過を兼ねて報告することにした。

「もしもし、木下さんお元気ですか?」

「松本君、阿蘇で頑張っているそうだね。工事の方は大分進みましたか?」

「かなり進んでいます。秋ごろには完成予定です」

「ほお! そんなに早く! すごいですね」

「ところで、木下さんに教えてほしいことがあるんですが」

「何でしょう?」

「ミュージアムの催事だけで人を呼べるでしょうか?」

「それは作家によるし、物にもよるし、時代とのタイミングもあるし、それがミュージアムとして難しい所ですね。お金を取る以上は、ある程度の認知された作家でないと来てくれないかもしれない」

「僕は絵画や彫刻とか、所謂どこの美術館もやっているのはやりたくありません。かといって写真で人を呼べるとは思えませんし……」

「そうですね。アメリカだったら写真に対する評価はかなりありますけど、わざわざお金を出してまで見に行きませんね。ところで、ミュージアムの広さはどのくらいあるんですか？」

「広さは結構あります。貸しスペースも設けるつもりです」

「広ければ、幾つものブースができて、面白い催事になり得ると思いますよ。それには核になる何かがあるといいですね」

「核になるもの……」

「そのミュージアムの個性ですよ。それを明確にしないと、単なる箱物になってしまいます。私の所は絵本とか童話とかジャンルが非常にクリアですからとても分かりやすいし、来館者もリピーターが多い。さらに、固定した客が客を連れて来てくれますからね」

「それは木下さん目当てもあると思いますよ。誰でもちょっと話しただけでファンになりますからね」

「いやいや、お褒めの言葉、ありがとうございます」

「しかし、それらが木下さんがいつも言っている継続の力ですね」

「そうです。日本の男性は女性に比べて美術館に行く習慣や発想もありません。極端にいえば、お母さんと子供は来館しても、お父さんは車の中で寝ていますよ。普段の仕事で疲れ、たまの休みも家庭サービスで疲れ切っているんですかね。だから、男性の来館者が増えれば本物になりますよ」

「そういえば男性が本気になると、とてもマニアックになりますからね」

「今のは極端な例ですが、松本さんもご存知のように西洋では美術鑑賞というのは、日常の生活の一部になっているでしょう」

「そういえば、ニューヨークの９・11のテロのとき、いち早く開館したのが美術館だったですね」

「あの時は素早かった。誰しもが打ちひしがれているときに、そういうことをしたのですから、これは皆納得しました」

「僕はだからこそ美術・芸術、つまり、アートが誰しも生活の一部にしてほしいのです。その環境作りを今回トライするつもりです」

「それは素晴らしいことだ。自然の中でただ自然に触れるだけでなく、人間そのものが創造した物も見れるから、教育効果は相当あるでしょう」

「狙いは的中しますかね」

「松本君、狙いはなくても大丈夫。きちんとした考えがあれば、来た方は皆分かってくれますよ」

僕と木下さんの会話は、いつものように前向きな話であった。そして、最後に彼は懸念することを言ってくれた。

「松本君、初の試みだけど、とにかく忍耐、我慢、そして継続だ。そうすると楽しみは後で必ずついてくる。そして、一番の問題は自然の中だから、必ず自然災害はやってくる。日本は台風も多いし、その備えだけは確実にやるように。何しろ、世界一のカルデラの中、しかも、中岳という活火山が今も噴火しているんだから、君も大変な場所を選んだもんだよ！」

僕は後年、木下さんの最後のアドバイスを聞き逃していたことになる。

夢がかなうとき

建物は工務店に任せるにしても、広大な二万坪もある草原をどのように活用するかが問題になった。建物ができるまでに自然と共存できる庭作りを始めたかった。

阿蘇の草原は、人が入ることを禁じられている所が多い。そんな中でこの草原に小道を作れば、イギリスのフットパスのように自由に歩くことを楽しめる。しかし、それをどのようにして作るか見当もつかず悶々と悩むばかりであった。造園業に頼めばとんでもない経費がかかってしまうのは目に見えている。かといって、庭仕事など一切したことはない。まるでシェイクスピアの心境で「やるべきか、やらざるべきか」の瀬戸際まできて、ついに覚悟を決めた。ＤＩＹで鍬を買って、自分よりも背の高い茅の中に分け入った。それからというもの、驚くことの連続であった。突然、草むらの中からけたたましい音を立てて、大きな鳥が飛び出してきたり、足元には虫や蛇が顔を出したりして、肝を冷やすばかりであった。一日に刈れる道は十メートルにも達しなかった。そういう作業で悪戦苦闘しているとき、隣のゴルフ場で働いている徳田さんがやってきた。彼は毎日通りかかりに僕の仕事振りをじっと見ていたのだ。

「松本さん、そんな草の刈り方していたのでは日が暮れてしまうよ、私が刈払機でさっさと刈ってあげようか！」

「え！　本当ですか、それは大いに助かります。とりあえず草むらの中に小道を作りたいんですけど……」

「小道を作ってどうするの？　そんなので人が来てくれるんですか……あなたも物好きだね。草むらの中を歩いてどこが楽しいのかな？　まあ言われた通り刈ってみましょう」

そうやって徳田さんが仕事の合間に来てくれるようになったが、ぼくが考えているよりも広く広く刈っていくのでだんだんと絵にならないようになってきた。僕はいたたまれなくなって数日でお断りしてしまった。そして、自分で思い切って刈払機を買い、見よう見まねで草を一人で刈り始めたのだ。レコード盤のような刃がうなり声をたてて草を次から次に切っていく。疲れることを知らないままに夢中になり、泥の見える小道ができてきた。数年後には真緑の芝生になるはずだ。次に小道だけではなく紅葉のときに美しく落葉するアメリカ風の楓、広場が落ち葉で黄色のカーペットになるように銀杏の木を植えることにした。そして、草原の中で一番見晴らしのいい丘にシンボルとして枝振りのいい拳の木を植えたのだ。二万坪の草原は時間が経てば経つほど、僕のキャンバスとなり、絵のような風景が描かれるようになったともいえよう。ニューヨークのセントラルパーク、さらに、ピーターラビットの里である湖水地方をイメージしながら一人で黙々と作り上げていった。花々は自然に任せれば勝手に咲いてくれることも知った。小道を作ったことによって陽が入り、小花も虫も蝶も喜ぶことを知った。いよいよ、建物も完成に近い。心は踊るばかりであった。

秋晴れの十月に開館した。マスコミのおかげで全国から物珍しさも手伝って、たくさんの人達が来てくれた。ホテルも予想通り半年先までの予約が入る始末だ。

果樹園や野菜畑は始まったばっかりで収穫はできない。阿蘇で無農薬、オーガニックのものだけを吟味して仕入れることにした。そのおかげで村の人達とお互いの関係が友好的になった。

バーンズ・ミュージアムも数年間は大丈夫というくらいの作家や作品が集められる手立て

はできた。僕は今から十年間はこのままやれるし、次の計画も実行できる確信を持っていた。各地からそれぞれの思いを持ってやってくる人達が多くなってきた。

そこで、一人ひとりになるべく失礼にならない程度に声をかけることにした。沖縄からやって来た中年の女性は阿蘇の魅力にとりつかれて幾度も訪れていた。そして、同時に内面には絡まった心模様を覆い隠していた。しかし、何度も訪れてくる度にその心苦しさを少しずつ自然の助けを借りて解放されることによって、明るさを取り戻してきたのだ。目に見えない心の病は誰にも分からない。であるからこそ、自分を理解してもらいたい一心なのだ。人を理解する思いやりまでには至らないのだ。ホテルにステイする人達にはなるべく汗をかかせようと草刈りを勧めた。単純作業だが美しくなるということで、達成感を持てるのだ。心の迷いには夢中になるものが必要である。

あるとき、美術館で一枚の写真だけをじっと見つめて動かない青年に気が付いた。しばらくして声をかけてみた。

「その写真は好きですか?　かなり見続けていたけど……」

その青年は照れるような仕草をして

「ええ、大好きです。大草原の中にポツーンと一軒だけ家があって、まるで、ここの美術館のようですね」

「これはカナダのプリンスエドワード島で撮った写真ですよ」

「カナダですか……。僕はこの小さな家を見ていて自問自答していたのです」

「そうですか、それで何か導き出されましたか？」

彼はニッコリしてはっきり答えてくれたのだ。

「自分の迷いをやっと取り払うことができました。自然の中では自分がいかに小さいかって気付いたのです。だから、思い切って好きな道に進むことにしました！」

「ほう。それは良かった。庭に出て草原の小道を歩けばますますやる気が出てきますよ！」

そうやって僕は、若者は元気を投げ掛けることで前に一歩進めるということを知ったのだ。

カップルで来て、いつしか子供連れの家族になってくる人も増えた。この大地が心の休まる場所になり、人生のリセットをしにくる人や、都会から非日常の静けさを求めてくる人もいる。いろんな思いの人達の集う場所にもなってきた。それこそ僕が目指していた心のユートピアの理想に近づいてきたのだ。

ベンチでは若いお母さんが子供に絵本を読んで聞かせている。その姿こそ夢に描いていたシーンでもあった。広々とした大地と大空は人々に心地良さと勇気さえも与えてくれる。評判がいいままに時は過ぎて行く。

こうやって、たくさんのことを経験しながら順調に運営されてきた。いつしか十五年の歳月が経ち、僕は七十歳近くになっていた。

悪夢

二〇一六年四月夜、マグニチュード7の大地震が熊本を襲った。被害は熊本市内が大きかった。当然、阿蘇も揺れるのは揺れたが、大した被害はなかった。僕はいつものように仕事に向かっていたが、スタッフ達からは、念のため一日休館して点検し、ゲストは全員帰すべきだという要望があった。この判断は実に正しかった。僕はすぐさま客を送り出すことにした。車の手配、飛行場への見送りと忙しく立ち回った。これは何か知らぬ、目に見えぬ予感が働いていたのかもしれない。つまり、大きな余震が必ずくるという情報であった。スタッフ達と倒れそうなのは固定したが、棚の本類には手を付けなかった。全てが終わりホッとしてベッドに入った。

翌夜中、ドスーンという音とともに家中がガタガタと凄まじい勢いで揺れ始めた。ベッドが机が本が動き出す。ＣＤは真横に飛んでくる。この勢いはますます酷くなり、机の下に隠れることもできない。家具という家具の引き出しが全部開き、中に入っていたものを全て吐き出すのだ。足元は揺れ、立つこともできない。外に出ようとするが、大きな机がドアを塞いで出て行けなくなった。家中がおもちゃ箱をひっくり返したように揺れている。もはやなす術は何もないように思えた。

外ではゴーという物すごい爆音が聞こえ、耳をつんざくような音である。何とかドアを抉じ開け外に出た。まだ、揺れは続いている。少し歩いた所で転んでしまった。何と地面は亀裂、断層ができていて建物全体が地盤沈下しているのだ。車を出そうとしてライトを点けたら、道路は陥没し、アスファルトが隆起して折り重なっている。近所のペンションは完全に家が崩壊していた。そこは幼い子供のいる家だ。無事逃げられただろうか……。スタッフ達が着の身着のままで集まってきた。それでやっと我に返った。全員無事かどうかを確かめなくてはいけない。一人一人を探し出す。夜が明けてくるにつれ、この世とは思えぬ惨状に驚いてしまう。まるで戦場だ。空爆されたような無残な姿だ。テレビも吹っ飛んで壊れている。ラジオだけが頼りだ。そして分かったのはマグニチュード7の第二のアタックだった。

さらに、次から次に情報が入ってきた。阿蘇の大橋が山崩れで谷に落ちてしまったという。あの物すごい音はそれだったのだ。あの橋は耐震のための補修が終わったばかりで、まさか山崩れで谷底にまで落ちてしまうとは信じられなかった。この地震が昼間であればどれだけの犠牲者が出たか分からない。現に僕もスタッフも毎日使っている橋なのだ。ラジオは次から次に新たな被害を報じている。僕は見回る気力もなく、床に座り込んでしまった。全てが失われた瞬間であった。静寂の中からヘリコプターの爆音だけが鳴り響いていた。そのとき、スタッフの野田君が大声を出して走ってきた。

「松本さーん！」

「どうしたんだ？」

「美子さんが家の下敷きになっています。早く救出しないと！」

「何？　ほかのスタッフは大丈夫か？」

「分かりません……」

「とにかく助けられる者から早く救い出そう。そして応援を頼むんだ。一一〇番、一一九番、どこでもいいから全部に電話するんだ！」

僕がホテルに入ると天井が崩れ落ちていた。

「美子さんはどこだ！」

「松本さん、こっち、こっちです！」

「美子さん、大丈夫か？」返答がない。ぐったりしているのだ。

「懐中電灯、懐中電灯！」と皆で探すが滅茶苦茶でどこにあるのか見当たらない。床の上は物だらけである。柱からやっと一本だけ見つけ出した。少しの光で美子さんの姿が見えてきた。天井が落ち、家具とベッドの隙間に美子さんはいるのだ。早く天井を持ち上げて助け出さないと窒息してしまう。焦るばかりだ。

余震が切れ間なく続く。その度に天井が覆い被さってくるのだ。スタッフの一人が木を切って丸太で持ち上げようとするが、逆に崩れてきて上手くいかない。相変わらず美子さんからの返事はない。

「一体どうなってるんだ！」

スタッフ達は個々に叫ぶ。泣きじゃくるスタッフまで出てきた。触れば触るほど、天井がミシミシと微かな音を立てながら落ちてくるのだ。その度に美子さんの体に負担がかかってきている。救援隊を頼もうにも被害者はあっちこっちで助けを求めている。こうなると、頼るものはない。自分達、スタッフだけで命懸けで助けるしかない。

僕は自動車のジャッキというジャッキを全て集めさせた。

恐る恐る一個ずつ天井を持ち上げるようにした。隙間を見つけて少しずつ持ち上げる。一個は上手くいっても、二個目、三個目が倒れてしまう。それでも諦めることなくやり続けた。

次から次に丸太の棒を入れる。それでも何とか少しずつ天井が持ち上がって、美子さんと天井の差が出てきた。

「さあ、瓦礫を取り出そう。彼女の手を引っ張れば何とかなるだろう」

僕は美子さんが心配になってきた。そして、スタッフに声をかけた。

「美子さんは生きてるのだろうか？」

「松本さん生きてますよ。ほら、天井の破れた布が少し揺れているでしょう。あれは息をしている証拠ですよ」

夢中で何時間かかったのか分からなかったが、何とか救出することができた。幸いにも彼女は眠ったままだったのでパニックにならずに、掠り傷程度で済んでいたのは奇跡だった。

そして、スタッフ全員が無事であることを確認することができた。

長い長い一日は終わろうとしていたが、それからの日々は困難だけが待っていた。

復興への遠い道

僕は阿蘇に来て、台風、嵐、火山の噴火、大雨、水害、大雪、猛暑などあらゆる自然災害を毎年経験してきたが、今回の地震だけは想定外であった。

長年時間を掛けて築き上げたものが一瞬のうちに倒壊し、再起不能になるとは誰も思っていなかった。天災というのは異常なエネルギーが働き、人知を超えた被害をもたらすのだ。

今回つくづく思ったのは、災害に遭遇したときの年齢だ。若ければ若いほど復興は早いだろうが、年を重ねていればいるほど難しくなる。一カ月、二カ月、三カ月と学校の体育館や公民館での避難生活。上手くいった人はホテルや民宿や旅館やいろんな施設に入ることができた。老人達はいつまでも、公共の場から逃れられないのだ。今回は余震の揺れが恐くて、ほとんどの人が車の中で寝起きしていた。特に子供たちは恐怖心いっぱいでますます家に戻ることを躊躇（ためら）った。こういう生活がいつまでも続くのだろうかと不安と恐怖が入り混じるばかりであった。

災害のときに一番に必要としたのは水である。次に食べる物。後は、それぞれの要求によって違ってくる。電気はいち早く復旧したが、ガスと水はどうにもならなかった。肝心要のアクセスである道路という道路が、陥没したり寸断されたりで相当時間がかかるということを知らされた。一番重用していた大橋は谷底に落ち、五十七号線の幹線は土砂崩れのままで見通しは立たない。しかも、その復旧には数年がかかる。

これではたとえ建物を修復しても営業は成り立たない。いくら考えても先行きは見えないのだ。自家農園の畑も亀裂、断裂が入り、手の施しようがない。全ての建物の修復代は見当もつかない。廃業の文字が脳裏をかすめるばかりであった。目の前には大型トラックが砂塵（さじん）を上げて何台も何台も走り去って行く。

僕は呆然と日々を無為に過ごすばかりであった。友人、知人達からの引っ切りなしのメールの対応にも疲れ果ててしまった。

阿蘇から熊本市内に行く迂回路は今までの倍近くかかる山越えである。このストレスは大渋滞であった。そのせいで事故も増えてきた。余震も続いている。僕がいつもお世話になっていた村は全て全壊となり公共の場に避難していた。仮設の工事が着々と始まった。しかし、たとえ仮設に入っても二年で出て行かなくてはいけないのだ。年老いた人が多いから、新しく家を建てることはとても考えられない。そんなとき、村の区長さんがやってきた。

「松本さん、お互いに大変なことになりましたね」

「村の方は大丈夫ですか？」

「いや、散々です。我々が働いていた、隣のゴルフ場、そして、あの大きなホテルも崩れてしまったから全員解雇ですよ」

「え！　解雇ですか……」

「家は全壊し、おまけに、畑も地割れし、何にもできないんですよ」

「しかし、それにしても酷すぎますね」

「命があっただけでも良し、としないと……」

「それで、今後どうするんですかね」

「村長も何の目途も立たないと嘆いていますよ」

「そうですか」

「そうそう、ペンション村の崩れ方は恐ろしいくらいですな」

「確かに崖から今にも落ちそうですね。あのペンションの中の一つに、僕の友人が買い取って、リニューアルし、明日からオープンするときに地震にあったんですよ……」

「そりゃ、最悪だ」

「村の方々は今からどうするんですか？」

「仮設ができるまで公営の施設にいるしかありません。仮設は冬は寒いというし、どうしようもありません」

「それより、松本さんは今からどうなさるつもりですか」

「今は何も考えられませんね。復興しても、まずは何年も客は来ないでしょう。まず、アクセスがどうにもなりませんからね……」

「そうですね。道路があっちこっち陥没しているから危なくて怖いですな」

「とにかく、区長さん。今は後片づけするしかありませんね。水だけは確保したいんですけど、どうしたらいいでしょうか?」

「そうそう、それですよ。今までたっぷり出ていた源泉が山崩れで埋まってしまったんですよ。それで別の水源を探しています」

「水はないということですか?」

「ええ、そうです」

区長さんも憔悴し切った顔付きで帰っていった。水がない。万事休すだ。

僕も放心状態であった。

それでも一人で黙々と片付けをやり始めた。そのとき、棚の低い棒に足を取られ、肩から地面に落ちてしまった。その瞬間ボキッという鈍い音がした。

右肩の脱臼である。とてつもない痛みに襲われた。動けば動くほど痛みは増してくる。立ち上がることもできない。地面に這いつくばって携帯を探す。左手で何とかボタンを押すが上手く押せない。痛みに耐えながら座り込み、携帯電話を固定し友人の消防士に電話をした。幸いにも彼は阿蘇の消防隊にいた。

「今、転んで肩を脱臼して動けません。至急救急車を呼んでくれませんか！」

彼はびっくりして、

「すぐに連絡するから、じっとして肩を動かさずにいて下さい」

それからの一時間、救急車がくるまでの時間が長いこと。そして、痛みは激痛に変わり、少し体を動かしただけでも悲痛な顔付きになる。意識が朦朧としているときに遠くから微かにサイレンの音が聞こえてきた。

治療が終わり、家に辿り着いたときは夜であった。僕は雑然とした部屋に一人取り残され、襲ってきたのは苦痛・苦悩・不安・恐怖・困難という負の言葉ばかりであった。希望の光は何一つ見えるものがなかった。今までのユートピアは夢・幻であったかのように消え去った。

窓辺に映る、真っ白い包帯で首から腕を支えている自分を見て、やつれ、細った初老の姿に驚いた。若いつもりでいたのが、実は確実に年を重ねていたのだ。頭の中はいつまでも若い頃に過ごしたニューヨーク、ロンドン、東京であった。それらは全て過去の記憶だけである。誰一人として共有できるものではない。僕は阿蘇に来て十五年間も夢のような生活ができた。スタッフにも恵まれ、何不自由なくやってこれた。それら全てがなくなった今、二十代のときのようにまた探し求めることができるだろうか……。物質的なものは崩壊したが、自分自身の長年の人生経験もキャリアも積んだ。これらは失われてはいない。だから、何もなかった自分をもう一度、思い起こす必要があった。負の言葉を凌駕するには、新たにチャレンジし、それに賭けるしかない！　それを痛切に教えてくれた日であったのだ。

希望の光

地震から三か月後、僕は隣のゴルフ場に行ってみた。六十年かけて作られた名門コースである。自然の地形をそのままに作られているから、どのホールも個性的で美しい。それが一瞬にして再起不能にまで破壊されたのだ。ゴルフ場の支配人から言われ続けていた。

「見にきたら愕然としますよ。昔の面影はありません」

それを聞き、わざと見に行くことを避けていた。しかし、その日は珍しく素晴らしい青空で心地よい風も吹いていた。片付けも一段落していたので、行ってみようという気持ちが強くなった。誰もいないクラブハウスの前を通り過ぎ、一番ホールを歩いていると所々に亀裂が走っている。グリーン上は陥没していた。名物コースである三番ホールは見るに耐えない崩れ方であった。ティーグランドの前は崩れ落ち、なだらかだった丘には無数の断裂、亀裂が走り地震の凄まじさを改めて感じる。さらに、人の背の高さの穴がいくつもあるのだ。さらに歩いていると、あるべきホールやティーグランドが土砂崩れで跡形もない。もうこれだけ見れば十分だ。ゴルフ場のグランドキーパーも言っていた。

「見るも無残だ！」

僕が聞かされていた言葉は全て本当であった。

「見に行くのは危険ですよ」とまで言われていたが、全てこの目で見て本当だと実感した。

僕が作ったホテルと美術館は十五年という短い歴史であったが、この六十年という長い歳月をかけて作られたゴルフ場が、瞬く間もなく崩壊するとは誰が想像できただろうか。大変な時間をかけ、努力し、積み重ねて作り上げたものが消えてしまった。この世の儚さに翻弄されているようであった。

僕は我が家に帰り、美術館のある丘を歩き始めた。崩れ落ちた丘の斜面に差し掛かったとき、亀裂の間から真っ黄色い一輪の花を見つけた。とても可憐な花だった。

僕は一瞬、目を疑い、自然の中で生きる力強さを目の前にしっかり見たのだ。

どんなことが起こっても、自然には回復する力があるのだと。人間ほど弱くはない。実に逞しいのだ。自然は時間をかけ、自分の力で新たな命、風景を作り出していく。その根源を一輪の花が教えてくれた。

そして、ハッと我に返り、目が覚めたのだ。

希望の光が見えてきた。

「僕は新たなユートピアをもう一度作ってみせるぞ」と決意を新たにしたのだ。

新たなる決意

僕の次なるユートピア・プランは今までのホテルや美術館だけではなく、もっと壮大なものにしたくなった。理想的な村を作るのだ。どの学校も人口減少で廃校になるばかり、病院も山崩れで機能していない。村の人達は高齢化し、行く場所がない。若い夫婦の子供達も預ける施設や仕事もない。ガソリンスタンドも、コンビニエンス・ストアも壊れたままである。周りを見てみればお洒落なブティックもパン屋も雑貨屋もなくなっている。南阿蘇村そのものが地盤沈下してしまった。一本の橋と道路が消滅したおかげで陸の孤島となったのだ。そういうマイナスをプラスに転じる方法があるはずだ。つまり、新たな村を作ればいいのだ。例えば、点在していたペンションやショップや学校や病院も全て新しい小高い丘の美しい場所に移してしまえばいい。老若男女の人々が楽しく、イキイキと生きていける村を新たに構築すればいいのだ。年寄りも子供も混在した方がいい。極端にいえば、揺り籠から墓場までの発想である。墓場を作るよりも、むしろ、樹木を植えて安心して旅立ってほしい。

そして、先立つものは食物である。最優先はたくさんの畑があれば、米も野菜も果物も作ることができる。そうすれば皆で食べていける。そして、家も自分達で木々を切って作ればいいいのだ。

だから、ホテルも美術館も学校も図書館も体育館も皆で運営して携わる。そうなると自分勝手はできない。当然、保育園も高齢者の施設も病院もある。地熱発電と水源もあるから、エネルギーと水の心配はない。

若い人たちの工芸品のお店や、職人が生きていける作品があったり、椅子やテーブルや家具を作る人もいるだろう。カフェやケーキやアイスクリームを製造販売するのもいい。ハーブの専門店もある。若者達が活力を持って、自分の力で食べていけるようにする。そのためには、大人達が軌道に乗るまで応援してあげる必要があるのだ。そして、彼ら彼女らに家族ができればもっといい。独立して別の地に行っても自由である。新しい村のあり様がきちんと確立され、ルールもできれば独立した精神で運営できる。

現実に、大津の町から赤水までのトンネル工事は三年かかる。立野から南阿蘇村に架ける大橋も三年はかかる。そうであるならば、その三年の間にこちらも準備して、全て開通したときに、新しい村ができていれば、宣伝効果もあるはずだ。新たなるユートピア計画を実現するには、地元の人だけでなく、世界中からの知恵を結集すれば何とかなるはずだ。

僕の友人達もまだ現役で働いている。彼ら彼女らの知恵も必要だ。一人では何もできない。たくさんの人達の力を借りて立ち上げていけばいい。今度こそ、本物の理想郷ができれば本望である。これを全ての若者たちに委ねてしまうことにした。そこまで考えると、この計画をマーヤに話したくなった。彼女は東京で僕のことをずっと心配していたのだ。そして、携帯を手に取った。

「マーヤ、僕だけど今話せるかな？」

「ケン、大丈夫。もちろん話せるわ」

「実は、あれこれと再建するんだけど、もっと大きく効果のある計画にしたいんだ」

「ふーん、それはいいわね。ケンらしい大胆な発想になっているんでしょう」

僕は心のままにその計画を話し続けた。しかも具体的に。マーヤはふーん、それで、へぇーという相槌をずっと打つだけで、一言も邪魔せずに聞いてくれた。僕は一人よがりの考え方かもしれないけど、今がそのチャンスだと力説したのだ。マーヤは一通りの話を聞いて初めて意見を言った。

「ケン、すごくいい話だけど、本当にできると思っているの？」

「できないことはないと思っているけど……」

「あなたの理想は分かるけど、そんなの無理でしょう。今は全てが崩壊しているから、そうあってほしいという願望でしょう。もうちょっと時間が経ってくれれば、現実は甘くないと分かるはずよ。それより、今できる再建だけに取り組むべきよ。それだったら、私は応援できるわ」

「マーヤの言う意味は百も承知だ。でも、残り少ない人生を考えたら最後のユートピアにチャレンジしたくなったんだ。だって、あと何年生きられるか分からないしね」

「そんな悲壮感のある言い方しないで！　私はそんな考え方嫌いよ。ケンらしくないわ」

「言い方がきつくなって悪かった。つい、ハイテンションになってしまった……」

「ケン、私だって年を取ってきたことを痛切に感じているわよ。娘のソフィーも結婚して子供二人もいるし、しかも、私と同じように別れてシングルマザーになっているわ」

「あれ、それは知らなかったな」

「人生というものは、なぜか親と同じように繰り返すのよ。不思議でしょうがないわ」

「それじゃソフィーは今どこにいるの？」

「ニューヨークよ。キャリアウーマンで頑張っているわ」

「そうか、それはよかった」

「ところで、ニューヨークのエージェントだったジムが亡くなったの知ってた？」

「えー。それは聞いてなかった。リタイアして、確かロスに移ったとは聞いていたけど」

「そう、ロスに住んでいたの。私も聞いたときはびっくりしたわ」

「レッドフラワーの丸田さんは有名だからニュースで亡くなったのは知っていたけど、まさかジムがね……」

「そうなのよ。時代はどんどん変わり、ケンも私もいつか去っていく立場になって来ているのよ」

「何だ、それは僕がさっき言ってた言葉と一緒じゃないか」

「そうね。それより今後いつまでも一人でいるつもりなの？」

「もう、この年になったら無理でしょう。今さら考えるべきことではないと思っている」

「そうかな……。いい人が近くにいるわよ」

僕はその言葉でやっと気付いた。一瞬、走馬灯のように若かりし頃のシーンをフラッシュバックさせた。

マーヤと会ったあの青山時代の一コマ一コマを映像写真のように思い出した。マーヤは結婚願望はないと言っていたのを真に受けていたのだ。だから、僕も割り切って生きてきたのだ。でも、マーヤは僕にとって何があろうとも大事な人だったのだ。何十年も憧れの女性として扱っていた。彼女だけは特別な人として大事にしていたのだ。

それが今、答を出させようとしているのだ。そう、最後の最大のユートピアは、物でも場所でもない、無償の助け合い、支え合う心であったのだ。一人ではユートピアはできない。二人なら不可能は乗り越えられるかもしれない。

僕は答えた。

「マーヤ！　今、僕に一番必要な人は君だ！」

「やっと分かってくれたわね」

長い間言えなかった言葉に自分でも感動した。マーヤに対してあまりにも不器用であった。これで次のステップに向けて一緒に生きていける。もう、愚図愚図している暇はない。

復興に向けて走るのみだ。

再建

僕は隣のゴルフ場のことが気になってしょうがなかった。区長さんに聞いても要領を得ず道筋が全然見えないのだ。でも、僕には腹案があった。スコットランドのある有名なゴルフ場は村が運営していると聞いていた。だからクラブハウスも日本と違い実質的でシンプルである。試合があるときは村人全員でサポートすることになっている。面白いのは、日曜日は市民に開放し、公園のように自由に楽しむことができる。地元密着のなくてはならないゴルフ場なのだ。それも数百年も続いている。日本のように接待ゴルフはあり得ない。真底からゴルフを愛する人達のためのゴルフ場である。何はともあれ地元優先で成り立っている。そこで、僕はゴルフ場を復興し再建させるためにはかなりの資金がいる。まず、コースにできた亀裂、断裂を直し、荒れた芝の張替えをする必要がある。崩れてしまったホールも新たに新設しなくてはいけない。幸いにもクラブハウスは修理すればすぐに使えそうだ。あれこれ考えているうちに、頭の中で修復できそうな感覚に陥ってきた。そして、肝心の資金集めのアイデアとして、名だたる有名プレイヤーに手紙を出し、応援してもらうことにする。キーワードはただ一つ。

「地球上でゴルフを愛するプレイヤーにお願いします。あなたの一回だけのプレイ費を地震災害にあったゴルフ場の復興のために寄付してほしい」と。

この文面だけをインターネットで世界中に流すのだ。それに共感してくれる人が出てくれれば不可能ではないと思った。世界中のプレイヤーが本気になって動いてくれれば可能だ。名門といわれているゴルフ場が消滅してしまうのは、文化と歴史と伝統が同じように消え去ってしまうことなのだ。だから、もう一度歴史を作り直す必要があるのだ。ゴルフという何百年も培ってきた文化は単なるスポーツではないのだ。ゴルフそのものが人生哲学としても語られている。幼い子供から年老いた人にもできる考えるスポーツなのだ。だから、心からゴルフを愛する人達にメッセージを送ることで復活を遂げたいと願っているのだ。

阿蘇の復興のためにも絶対必要な行為なのだ。世界一のカルデラの中にあるゴルフ場としてもう一度名物になってほしいと。

僕はスコットランド人の人達とプレイしていた頃、ゴルフのスピリットを学んだ。それはとても貴重な経験であった。日本でのゴルフと大いに考え方が違っていたのだ。いいときも悪いときもある。あるがままの自然体で生き抜いていくことを教えられた。それは今でも続いている。

ユートピアの夢

僕とマーヤは新しいユートピア計画を形にするため、本格的に動き始めた。そして、誰もが分かり、誰にでも参加してほしかった。二人の会話は若者のように弾むばかりであった。

「ケン、どうして人と人は争うのかな？　相変わらず人種問題や格差で対立するばかりで嫌になるわ……」

「今は争うことより、お互いに話し合うのが大切と分かっている。それが上手くいかないのは、お互いの利害を主張し過ぎるからじゃないかな」

「そうね。人間として節度というものがあるはずなのに、集団になると一人ひとりのいい考えは抹消されるみたいね。私も組織で仕事してきたから、個人的にはいけないことでも会社のためにはやらざるを得ないって悩んでいたわ」

「まず、個人があって、結婚して、家族ができる。その集合体に村があり、町があり、それが大きくなって国になる。ここまでは誰でも分かる。しかし、他国となると言葉も文化も習慣も違うから食い違うことばかりになる。もしくは無関心にさえなる。お互いが話し合い、理解しようとする姿勢があればいいが……」

「言葉が通じないと無理な要求もしてしまうときあるわよ。だって、同じ人間かしらと思ってしまうもの」
「外国に行って住んでみると人種間の問題はよく分かるよ」
「そうなの。私は良くも悪くもいくつもの血が入っているわ。日本人、イギリス人、先祖を
辿ればヨーロッパの国々がいろいろいっぱい入ってるわ」
「マーヤは多国籍人間だよね」
「そう。グローバルな人間なの」
「つまり、地球人だね」
「そう、私は地球人がピッタリ。国境なんて関係ないわ。だから、いつもどこの国の人ですか
と言われてもはっきり言えないときがあるの。これは普通の人には分からないプレッシャーよ。
私の娘ソフィーもそれで散々悩んだみたい。アイデンティティーが見つからないのよ。小さ
いときから外国によく連れ出していたから、母国語は一体何なのか分からなくなっていたのよ」
「そうか。それは日本人には分からない深い問題だね……」
「でもね、今は日本語をとても大事にしているわ。だって、日本には四季があるから大好きっ
ていつも言ってるわ」
「そうか。人のことを考えるよりも自然の四季が自分のアイデンティティーの源と分かった
んだね」
「そうかもしれないわ。だから、自分の子供も自然の中で育てているみたい。それで、自分

自身を取り戻したって」

「人を主人公に置くのではなくて、自然そのものを基礎にして、物事を考えるということになるよね」

「そう、そこが大事だと思う。ユートピアもそこを忘れて人間本位で考えたら、私達の強欲が入ってしまうのではないの？」

「マーヤ、とても大事なところに気付いてきたね。ただ、形を作りさえすればいいと思っていたけど、その奥底に自然との深い関わりと人間としての哲学が隠されているんだな」

「そう、人間としての、いや、私流にいえば地球人としての哲学が今から必要な時代なのよ」

「現代の人間はパソコンからの情報で振り回されていて、何が本物で、何が偽物かその境が分からなくなっている。答えはそこから出てくるはずがないのに、パソコンからの情報に人間が操作されていると気付いていない。しかし、自然の中で生活していると、春、夏、秋、冬が必ずやってくる。これは紛れもない事実だ。しかも、その四季の間に刻々と変化していく小さな営みも見れる。一気に変化はしない。必ず助走していくしね」

「そう、その小さな動きを人は知らなさ過ぎるわ。町の中にいると季節が変わるということは、暑さ寒さだけ。洋服で季節を感じるしかないわ。落葉だって邪魔くさいだけ」

「枯れ葉が大地の栄養になるなんて考えもつかない」

「だから、自然からもっともっと学んで、人は謙虚になるべきね」

「そうなると、単なるユートピア計画ではなく、アース村計画の方がいいのかもしれない」

「アース村って聞いたことがあるから、むしろ宇宙に飛んでコスモ村の方がいいかもね」

「畑の中にロケットの発射場でも作ろうか」

「それはいい考えね！」

僕とマーヤは大声を立てて笑った。久し振りの笑い声に自分達も驚いてしまった。

未来に向けて

僕とマーヤのユートピア計画は、知らず知らずのうちに拡散していき、若い起業家や至る所の学生達から問い合わせがくるようになった。それに対して誠実に話をすればするほど、真剣な眼差しになってくる人も多くなってきた。

僕は今の世の中が平和そうに見えても、実は甘い幻想の中で生きているということを見破っている若者がたくさんいると知らされたのだ。若者達は家でも学校でも社会でもおかしい現象に気付いていながら、それを声高に言えない苦しさを感じている。

だから、本音と本音で話し合える場がほしかったのだ。幼少から誰にも言えないままに大人になり、そのわがままの代償がいろんな形で社会問題になって露呈してきている。それも氷山の一角であろう。全てを炙り出すことは不可能である。全てを是正できないのは確かである。しかし、誰しも理想の夢を語ることはできる。それを若者達に繋いでいきたいのだ。

先人達が作り上げてきた、良き知恵、工夫、創造、助け合いの精神が未だ存在していることを若者達に知ってほしい。パソコンやスマホを手放せない若者達は一体どこに心の拠り所を持っているのだろうか……。地球上にはそういう人達ばかりで溢れ返ってしまいそうだ。僕はピースフル・マインドを持ち続けていたい。

その答えは自然の中にしかないと確信している。野生の動物達は決して強欲ではない。今日、食べていけるものがあれば生きていけるのだ。

自然の中は弱肉強食で強い者だけが生き残っているようにみえるが、実はお互いに助け合っていることを知っている。

自然の中には目に見えないゴールデンルールがそれを保っている。

残念ながら、それを破壊し続けているのが人間なのだ。唯一の地球を自分達の手で我が物顔で破壊しつつ、別の星に脱出さえしようとしている。だから、そうなる前に、もう一度お互い地球人としての自覚を持つ必要がある。

そのためにも、大海の一滴(ひとしずく)としてユートピア計画は必要なモデルとなるのだ。

その大きな夢に向かって僕は若者のように走り出した。もう、誰にも止められない。

残り少ない人生を生き切るためにも若者達とともに一緒に走ろう。

これが僕に与えられた最後のミッションだ。

完

僕のユートピア 見果てぬ夢

2018年12月25日 初版第1刷発行

著　者――葉山祥鼎
発行人――新本勝庸
発　行――リーブル出版
〒780―8040
高知市神田2126―1
TEL088―837―1250
装　幀――島村　学
監　修――万美デザイン室 坂本万恵
撮影協力――天然写真家 前田博史（裏表紙・著者近影）
印刷所――株式会社リーブル

ISBN 978-4-86338-243-5